你是流云 我是孤星

陈梦家◎著

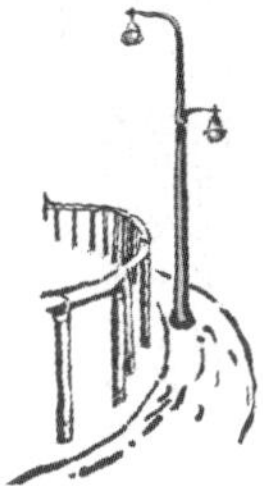

四川人民出版社

图书在版编目（CIP）数据

你是流云，我是孤星/陈梦家著．—成都：四川人民出版社，2022.5

ISBN 978－7－220－12545－4

Ⅰ．①你…　Ⅱ．①陈…　Ⅲ．①诗集－中国－现代　Ⅳ．①I226

中国版本图书馆 CIP 数据核字（2021）第 271397 号

NISHILIUYUN WOSHIGUXING

你是流云，我是孤星

陈梦家　著

责任编辑	王其进
封面设计	张　科
责任校对	林　泉
责任印制	祝　健
出版发行	四川人民出版社（成都槐树街 2 号）
网　　址	http://www.scpph.com
E-mail	scrmcbs@sina.com
新浪微博	@四川人民出版社
微信公众号	四川人民出版社
发行部业务电话	（028）86259624　86259453
防盗版举报电话	（028）86259624
照　　排	四川胜翔数码印务设计有限公司
印　　刷	成都东江印务有限公司
成品尺寸	130mm×185mm
印　　张	7.75
字　　数	160 千
版　　次	2022 年 5 月第 1 版
印　　次	2022 年 5 月第 1 次印刷
书　　号	ISBN 978－7－220－12545－4
定　　价	48.00 元

为了你，我再没有眼泪可流，
天真也唤不回自己的心头。
最难想秋风里无依的飘零，
那时候：你是流云，我是孤星。

本书在编辑出版中，尽可能保留了原版本的惯用字、通假字和标点用法；人名、地名亦保留作者原译法。

目录

梦家诗集

在前线

铁马集

梦家存诗

长诗及译诗

补　遗

梦家诗集

第一卷｜自己的歌

一朵野花

一朵野花在荒原里开了又落了，
不想到这小生命，向着太阳发笑，
上帝给他的聪明他自己知道，
他的欢喜，他的诗，在风前轻摇。

一朵野花在荒原里开了又落了，
他看见青天，看不见自己的渺小，
听惯风的温柔，听惯风的怒号，
就连他自己的梦也容易忘掉。

十八年一月大悲楼阁

自己的歌

我捝碎了我的心胸掏出一串歌——
血红的酒里渗着深毒的花朵。
除掉我自己，我从来不曾埋怨过
那苍天——苍天——也有它不赦的错。

要说人根本就没有一条好的心，
从他会掉泪，便学着藏起真情；
这原是苍天的错，捏成了人的罪，
一万遍的谎话挂着十万行的泪。

我赞扬过苍天，苍天反要讥笑我，
生命原是点燃了不永明的火，
还要套上那铜钱的枷，肉的迷阵，
我捽起两条腿盲从那豆火的灯。

挤在命运的磨盘里再不敢作声，
有谁挺出身子挡住掌磨的人？
黑层层的烟灰下无数双的粗手，
榨出自己的血甘心酿别人的酒。

年青人早已忘记了自己的聪明，
在爱的戏台上不拣角色调情；
那儿有个司幕的人看得最清楚，
世上哪会有一场演不完的糊涂？

我们牵了自己的船在沙石上走，
永远的搁浅，一天重一天——肩头，
等起了狂风逆吹着船，支不住腿，
终是用尽了力，感谢天，受完了罪。

在世界的谜里做了上帝的玩偶，
最痛恨自己知道是一条刍狗；
我们生，我们死，我们全不曾想到，
一回青春，一回笑，也不值得骄傲。

我是侥幸还留存着这一丝灵魂，
吊我自己的丧，哭出一腔哀声；
那忘了自己的人都要不幸迷住

在跟别人的哭笑里再不会清苏。

我像在梦里还死抓着一把空想：
有人会听见我歌的半分声响。
但这终究是像骆驼往针眼里钻，
只有让这歌在自己的心上回转。

我挝碎了我的心胸掏出一串歌——
血红的酒里渗着深毒的花朵。
一遍两遍把这歌在我心上穿过。
是我自己的歌，从来不曾离开我。

有一天

有一天，或许有那一天，
你说，教我再莫要流连；
好，我走，到天涯去漂流，
我晓得，爱原不会长久。

有一天，或许有那一天，
你我携着手同到海边；
不是？海里面更要清闲，
永静的生，在我俩中间。

迟　疑

在黑暗中，你牵住了我的手，
迟疑着，你停住我也不走；
说不出的话哽在我的咽喉，
轻轻风，吹得我微微的抖。

有一阵气轻轻透过你的口，
飘过我的身子，我的心头；
我心想留住这刹那的时候，
但这终于过去，不曾停留。

你尽管

你尽管怨恨：
怨恨我癫狂的放任。
我没有美丽，没有天分，
只剩了这穷困的一身。
我抛下幸福去寻忧闷，
自己关上了快乐的门。

我只是容忍：
容忍你无邪的怨恨。
我存着妄想：当我生命，
走尽时，我闭上了眼睛——
那时候你才说你爱我，
这一生也不曾虚度过。

为了你

为了你，我再没有眼泪可流，
天真也唤不回自己的心头。
最难想秋风里无依的飘零，
那时候：你是流云，我是孤星。

那一晚

那一晚天上有云彩没有星，
你搀了我的手牵动我的心。
天晓得我不敢说我爱你，
为了我是那样年青。

那一晚你同我在黑巷里走，
肩靠肩，你的手牵住我的手
天晓得我不敢说我爱你，
把这句话压在心头。

那一晚天那样暗人那样静，
只有我和你身偎身那样近。
天晓得我不敢说我爱你，
平不了这乱跳的心。

那一晚是一生难忘的错恨，
上帝偷取了年青人的灵魂。
如今我一万声说我爱你，
却难再挨近你的身。

叛　誓

我真又是走上更坏的恶运，
为什么碰见了你这般多情；
只是我曾经爱过她，在从前，
我发誓说爱她像天样久远。

如今这件事教我要怎样办，
横竖一颗心也分不开两半，
要爱了你，那还有什么忠信，
不爱你，瞧，狂火的一团热情。

但这分明爱她的事在昨天，
今朝她忘了我像隔别多年；
算了，剩下的心纵不曾坏透，
看着自己的影子也够发抖。

我这样怯懦地走在你跟前，
谁知道我的心，只有那青天；
这过错不在我，我爱过的人
她的谎话重新说出第二声。

给　薇

没有一回你不是
低着头打我的身边
静默的，无顾及的
走远了，渐渐的走远——
我望着你。

我是大洋的礁石，
每一次你青色的船
辽远的驶过，翻开
浪头撞扰我的回转——
我记得你。

二十年五月二十三日南京

夜

我顶爱没有星那时的黑暗，
没有月亮的影子爬上栏杆；
姑娘，这时候快蹑进这门槛，
悄悄地挨近我可不要慌张，
让黑暗拥抱着只露出心坎。

挂着你流的眼泪不许揩干，
透过那一层小青天朝我看；
姑娘，你胆小，这时候你该敢
说出那一句话，从你的心坎——
没有人听见，也没有人偷看。

乘着太阳还徘徊在山背后，
门前瞌睡着那条偷懒的狗；
姑娘，你快走，丢下你的心走，

不要记得，这件事像不曾有，
好比一场梦，——你多喝了酒。

露之晨

我悄悄地绕过那条小路，
不敢碰落一颗光亮的露；
是一阵温柔的风吹过，
不是我，不是我！

我暗暗地藏起那串心跳，
不敢放出一只希望的鸟；
是一阵温柔的风吹过，
不是我，不是我！

我不该独自在这里徘徊，
花藤上昨夜是谁扎了彩；
这该是为别人安排。

我穿过冬青树轻轻走开，

让杨柳丝把我身子遮盖；

这该是为别人安排。

歌

我不能想起这从哪一天起，
只说着了迷，我情愿为你死；
我想你，白天晚上我望着你，
一朵枯花总得望着太阳笑，
谁知道就要变泥。

就是要我变成影子也情愿，
只要我常贴紧在你的身边，
猖獗的妄想要我永跟着你，
直等到天光摸不着一线路
爬进你深的墓底。

那些日子我们埋怨过太阳，
全十分心焦地等夜的降临，
悄悄蹑着躲进黑密的树林，

严肃的空漠中点着两炷火——
你我睇视的眼睛。

那一次我们不曾惊跳了心
看见黑处的人影，飞的流萤？
要求昏暗露不出一点身影，
只有你听见我听见心的跳，
“乖！”快来贴偎得紧。

让一点昏迷麻醉两条舌尖，
闭紧着眼睛给雾气蒙着脸；
灵魂撕成一片片飞腾上天。
你听树后面有低声的响动，
“别怕，我在你跟前。”

有一次我们叩过魔鬼的门，
吹灭了自己点明的两盏灯；
黑暗惊透我的心窍，那一瞬
我们跳过一渡桥两边逃开，
——默念着天上的神。

“短促”像阵风吹落幸福的彩，
揉清迷眼背后早扬起尘埃；

燕子尾掠过水面你能招怪
一圈细波流散不再有止境?
这说谁算是轻快。

不用赌咒好听说怎么“永久”,
一刹那的昏迷就够我消受。
倘使我落在井里我不呼救,
你不用放下一根绳索打捞,
(尽管撒一把石头。)

孩子的梦只是玩戏的水泡,
两个小仙张开白翅膀赛跑;
在云端里一个遥远的拥抱,
依然是温柔曾不料到永别——
晴天来一阵雷雹。

我不能再说一句销魂:我要!
比自己是一枝萎弱的小草,
露珠一眨眼给我最后的笑,
我凭什么道理和太阳翻脸,
让她去,我是渺小!

三　月

最温柔那三月的风，
扯响了催眠的金钟，
一杯浓郁的酒，你喝——
这睡不醒三月的梦。

最温柔那三月的梦，
挂住了懒人的天弓，
一天神怪的箭，你瞧——
飞满小星点的碧空。

星

夜夜你只瞅看我，
像是有一句话要讲——
你不说，怕人听错，
只容人自己去想。

果然日子快过马，
一生该只学一个乖：
不用去提，那句话
该给他自己去猜。

十九年八月上海

一句话

从小到眼花，
你得常想一句话：
起初是爱它比海还深
过后就变恨。

一句话你听，
分明有两个声音；
两样的季候在心头变——
阳春和冬天。

无　题

细数转过的十二个月亮，
在幸运的轮上变了模样。

时光紧凑的飞像一只鸟，
从翅膀下透出一串冷笑。

我把心坎里的火压住灰，
奔驰的妄想堵一道堡垒。

也许下一回月亮的底下，
野草盖黄土做了我的家。

寄万里洞的亲人

那一天吴淞江的潮水带了你走，
在凄凉的海风里隐没了你的手；
大海的伤悲要撞碎了我的胸口，
我的心，我的泪，一齐跟了海水流。

你的影子飘落在热风的碧里墩，
白日和黑夜飞迸着狂乱的涛声；
望不见云海的深处渺茫的远东，
你徘徊在荒漠的孤岛，海与碧空！

碧空和海不能告诉你祖国的话，
东印度的小岛上认不识一朵花；
你记得罢！每夜望一望东方的星，
千万里外星子下也有一双眼睛！

古先耶稣告诉人

古先耶稣告诉人：你们要忍耐，
存着希望的心，只静静的等待；
漫漫的长夜原接着一片曙光，
世界到末日，坏极了也有泰来。

古先耶稣告诉人：你们要等待，
白天黑夜，说不定我将要重来；
在人间受些苦难，都不必悲伤，
天上为你们造了美焕的楼台。

信　心

风在苍灰的稀发上吹；
水里印着一个好月亮，
靠近柳树摇曳的影子
一位扶手杖的老婆娘。

在小河边一座石碑楼，
年代和名称早记不清；
土堆上一对烛一炷香，
烧着两串雪白的银锭。

她双手并合着，静默的
举起虔诚的眼仰望天，
那空白的黄表——在心里，
写着一件一件的诉愿。

水上还流着一对烛影，
一缕青烟在晚风里晃；
亮月下一支细息在说
一个虔诚人深的愿望。

秦淮河的鬼哭

这里人也没有，灯也没有，
只有一团鬼火，一串骷髅——
在天河的弦子上，有鬼歌
飞过一条荒街，一湾小河。

这里喜也没有，笑也没有，
只是一股凄凉，一束隐忧——
在天河的弦子上，有鬼声
撼着一片繁星，一个夜深。

葬 歌

我贪图的是永静的国度，
在那里人再也没有嫉妒；
我坦然将末一口气倾吐，
静悄悄睡进荒野的泥土。

让野草蔓长不留一条路，
无须遮蔽，我爱的是雨露；
莫要有碑石在坟边刻留，
不生一枝花在我的墓头。

不要有杨柳向着我招手，
鸟不须唱，清溪停了莫流，
野虫不许笑出声；我爱静，
还有天上的云，云里的星。

我从此永久聒静的安睡，
不用得纸灰乱在墓上飞；
再没有人迹到我的孤坟，
在泥土里化成一堆骨粉。

丧　歌

昨天你还能在稀薄的麻布里动，
寂寞的人间伴你的是一股冷风。
但夜来的雪斩断了你穷鬼的梦，
听银辉的天空里嘹亮的一声钟！

你走完穷困的世界里每一条路，
尝遍只留剩一口气的各样痛苦——
你的一生，你永远不变更的容忍
在穷困里，穷困里，做了一世穷人。

大石桥下的小土地庙里，躺着一个乞丐，一只破麻袋蒙不周全露出骨的肉，污垢的脸，苍白的；还盖了一层破旧的积纸，风吹来，就掀起声音，南京难得有这样的大冷天，一夜来鹅毛的雪，把这河山飘得太美丽了。但是这乞丐呢？他死了。

十九年春，阿梦。

马　号

这黑茫茫的夜，有谁
在旷野里向天空吹？
铁蹄踩过战死的仇敌，
鞍子上悬挂着热的血。
这一声声的马号我听见；
睁开了我睡不着的困眼。

这灰惨惨的夜，你听
嘶声里人马的火并。
这是英雄，英雄的事业，
杀的是弟兄，不是仇敌。
这一阵阵的混战，我看见
野鬼的惨笑里苍白的脸。

炮　车

十三尊炮车在街上走过，
人瞪了眼，惊叹这许多；
但更多的是杀不完的人，
每个人几千回的隐忍。

一个炮手坐在炮车上想：
这正开向自己的家乡，
炮弹没有眼睛，胡乱的飞，
碰巧，会落在他的家里。

古战场的夜

你不用稀奇草莽里爬出人来，
血的金蛇带着光芒穿过海；
那一天你会茫然摔破你的梦，
也猜不透你做了哪一家英雄。

你不用拣一块山或是一块土，
随处都是你的家，你的归处；
你憩下来睡着，我告诉你：完了，
什么都齐全，有蝴蝶，还有野草。

琵　琶

我像听见一路琵琶，
从梦的边沿上走过：
一星跳熄了的灯花；
像一支歌，挂在天河。

黄昏天秋风吹着响，
我开眼看见那晚霞；
那部曲我细细端详，
像是真切，又像是假。

露天的舞踊

这一片曾经杀过人的刑场，
平坦的黄土，也有美丽的天：
蓝云里的星光，煊红的太阳。

三月的南风吹起杨柳的青，
鼓舞那晒在一条绳的边沿
鲜艳的青春的忧愁的衣裙；

也掀开那清水上细的皱纹，
阳光在波上跳出一层金箭
应和疯狂的舞踊者的脚跟。

第一颗星召回青蛙的亡魂，
挑拨那些隐蔽的影子开演
幽默的舞，唱出黑夜的阴沉。

天光才亮军营的马号吹掉

生与死的曲子，凄艳的舞蹈。

三月二十晨前小营三〇四

只是轻烟

像十一月的秋深，
荒村，只一缕烟
又轻又柔，朝天升，
淡——淡到不见。

昨晚看一颗流星
沉下，我祈祷天——
轻风荡过我的心，
亮——又化成烟。

“像一团磷火”

像一团磷火在旷野里，
我只顾赶着；我看见
你飞，睁着一只媚眼，
就在我面前一点距离。

像一团磷火在旷野里，
我只顾赶着；我望见
你飞，眯着一只媚眼——
忽然一团黑，不见了你！

西行歌

我们举起脚步朝西方走，
太阳光在各人的脸上
抚摩；我的心底，像是温柔——
“黑色的窗”透一点红光。

我们走过城市走过山野，
黄昏展开苍灰的翅膀，
遮住了西天的眼睛；黑夜
落下来，我们走在路上。

生　命

昨天早晨我采了你
一朵小小的红花，
插在我的金鱼缸里；
今天你好像晚霞
在水面飘零。

三条小金鱼只梦想
自己的世界，欢喜——
可是那也不能久长，
告诉你不要忘记
天冷，就冻冰。

十月之夜

十月的夜晚，天像一只眼睛，
孤雁，是她的眉毛；
从天掉下一颗眼泪，是流星
沉在大海里——一息翻花的泡。

那一瞬间的消失，我只觉得
一闪，还给了深蓝；
生命给我的赞美受着惊骇，
像有着声息摸索我的窗槛。

你　爱

你爱百合花的柔美，
你爱玫瑰；你爱黄河的狂波，
你爱清流的小河；你爱天上的星，
你爱飞萤；你爱春三月的迷雾，
你爱朝露；

你爱浮云
一瞬间的相亲；你爱燕子尾
掠过了水面不再掉回；你爱流星
殒落时一闪的光明；你爱一点磷火
照亮你的骆驼；

你爱白热的心
结成冰；酒窝上的笑
都成技巧；一千个夜晚

一千个梦幻；天真
不许作声！

观　音

你不曾忘掉你的笑容，
大慈悲的眼睛发出金光；
伸出你引渡的手，施舍
给虔人无量求讨的希望。

你不曾忘掉你的缄默，
香火不能熏热你的寒冷；
就在黑夜里也是光明，
你不熄灭的心——长明的灯。

雁　子

我爱秋天的雁子
终夜不知疲倦；
（像是嘱咐，像是答应，）
一边叫，一边飞远。

从来不问他的歌
留在哪片云上？
只管唱过，只管飞扬，
黑的天，轻的翅膀。

我情愿是只雁子，
一切都使忘记——
当我提起，当我想到：
不是恨，不是欢喜。

十九年十月南京

红　果

我看见一个红果
结在这棵树上；许多夜
我和我的爱在这里站过。
我叹一口气，说：
“你长着，还想什么，——
还想什么?”

我听见他回答我：
“我没有别的奢望，我只
让自己长起，到时候成熟;”
他指着西风，说：
“我等着，等着吹落，——
等着吹落。”

都市的颂歌

你有那不死的精力在地壳上爬，
日长夜长不曾换一口气，你走
走厌了一个年头，又是一个年头，
一切的事情你都爱做，你不怕
要这海填成了陆，陆地往海里沉，
尽管是十八层石屋要你承担，
你全不曾有一点犹豫什么为难？
大步的踏，不分昼夜，不分阴晴
那圆的圆的转动，一声吼，一股烟，
终日粗暴的咆哮着那些人手
太慢，为什么还要有思想在心头？
不许你憩下气找取一点安闲，
这真是荒唐不经的妄想；这儿有
赛过雷雨风暴奇伟的大乐响，
指挥的不叫它有一刻寂寞；海洋

也有风浪平的时候，这儿永久
永久是一个疯子不曾碰到瞌睡：
赤火火的眼睛，烧着，一双凶爪
只是飞走找各样好玩的把戏耍；
不用问那一刻他才觉到要累——
要累？除非是走没了光，天掉下来，
什么都没有；只剩下一个糊涂，
一个昏暗，一个渺茫，永远的迷雾。
但毕竟这日子还远着，你睁开
眼睛，看见纵不是青天，也是烟灰
积成厚绒，铺开一张博大的幕，
不许透进一丝一毫真纯的光波，
关住了这一座大都市的魔鬼。
你还能见到落下地的一天繁星，
不论是飞雪，是刮风，还是落雨，
正好是太阳给赶走了；——（一群黑鱼
游上了一缸清水上面）在尖顶，
在鱼鳞中间，长蛇的背脊上发亮。
这里少一个月亮，这里并不要，
这里有着时针指着时候，报昏晓，
一根水银告诉人季候的炎凉。
可是那秋春的凉爽永年吹不到
一大队昏湿的地窖里，没有风，

没有阳光也没有一个幸福的梦
扰乱他们的节奏，不变的急躁。
上帝造下这一群耐苦善良的人，
是生来为这灿烂的世界效劳，
受着安排好的“权威”大力的开导，
完成一个幸福的花园的工程。
尽管你是受着苦难，你没有一刻
好叹一口气，只赶你烧起汽锅
开唱那部插入云霄进行的高歌，
带走那流水一般“创造”的皮革。
尽管是另外一些人他们只做声，
叫你做下这工程的一段，别怨
不公平，是不同的种，原也是上天
安排好，只用心计，创始的功臣。
但天是无偏你们同在一个世界，
不分人我，看着日子一步一步
走近你们，又让日子一层层弥补
这人类的历史不紧要的存在。
一根水银告诉人季候的炎凉。
可是那秋春的凉爽永年吹不到
却不是一盏灯点亮人的脑袋；
有的是机器油灌满了一盘心磨
流利的，不会有一天走到迟钝，

都在一杯酒一场笑里静静的等
计划中的天堂那落成的开幕。
这儿才是新的世界，建筑的天堂，
不停的嘈杂，一切圆轴的飞转，
一回一回旋进了那文明的大圈，
你听啊，那高声颂扬着的歌唱!

八月三十一日，上海。

秋 旅

江阴，纵使你衙前的铁锚曾经
刘基安下用长练锁住不教你沉，
可是你却不能，不能钩住我的心
不教它朝着西边远远地引伸；
刘伶巷的怡园留住我，还有
你朋友要我再度再个黄昏；
你说：杜康墓对门有好喝的酒，
多么清新这里的夜静得顶深
像死。在清晨秋风吹过白杨
太凄凉，我感到孤独对我埋怨，
庙殿四角上的幽铃清脆的响，
教心熬着难受；荒芜的适园
尽管好，蔓草古树，浓密的迷雾，
但是我的心要着新鲜，要着亮，
要像定波桥下的江潮分开两路

向石堤上咆哮，飞腾，那好像
一万匹银蹄奔流，对着生命
那热烈，那雄壮；我比是一只小羊
迷了路，星子下惊惶，等着天明
我想见牧羊人四处不分方向
寻他的羊子，比不曾失掉的更爱
更宝贝——我要回去，等不到鸡鸣，
我的眼睛镇夜里望着天睁开，
“快回家啊，乖！”我想着你的叮咛。
九溪十三湾的水流，我不爱看，
还有两岸的绿树；在我心里
不是天，不是江上的水，不是山，
我的主宰，我的乖，是你！
为你，今天早晨我得离开江阴：
江阴，多美一个死寂的古城，
长日长夜只是安详，只是静，
没有尘沙飞，没有烦嚣的市声；
那里斜立着三国时的钢笔塔，
给火烧，给炮毁，依旧把尖顶
朝着太阳（不，朝天心）不回答
我对它的疑问：像是安宁，
像是尊严，听着江声，听着风
在白云上写出三千年古国的文明，

启示我向上，崇伟，引我尊重
古老，它的磐石初创时的坚定。
你看童子巷的浅沟流过血，
有过年稚的小儿凭一口气的英勇，
和鞑子拼死，那终天不灭的忠节。
我告你这死城里埋着英雄，
埋着江南的柔美；埋着孔丘
手写的十字碑，大舜走过的井；
埋着忠义，神话；留情的杨柳
在风前遥送他的秋波轻盈。
我登过君山眺望长江的细腰，
在朝山去的路上，我记起南京
北极阁山脚下临河的小路，我心跳
爬上这山巅，望见天空一样的青；
我不能爱着江阴，我要回家！
在此使我想到同泰寺的清钟，
紫金山的云，台城上的晚霞；
还有你，乖，你夜夜只教我的梦
骇怕，在夜半唤起你的名字；——
来，你的白手臂抱紧我的灵魂，
你锁紧的清眉，等焦的瞳子
看着我，我来了，这迷人的黄昏！

十九年十一月十二晨，江阴

再看见你

再看见你。十一月的流星
掉下来，有人指着天叹息；
但那星自己只等着命运；
不想到下一刻的安排
这不可捉摸轻快的根由。
尽光明在最后一闪里带着
骄傲飞奔，不去问消逝
在哪一个灭亡，不可再现的
时候。有着信心梦想
那一刻解脱的放纵，光荣
只在心上发亮，不去知道
自己变了沙石，这死亡
启示生命变异的开端，——
谁说一刹那不就是永久？
我看了流星，我再看你，
像又是一闪飞光掠过我的心，

瞧见我自己那些不再的日子：
那些日子从我看见了你，
不论是雨天，是黑夜
我念着你的名字，有着生，
有着春光一道的暖流
淌过我的心。那些日子
我看见你，我只看着
看着你在我面前，我不做声。
我有过许多夜徘徊在那条街上
望着你住的门墙，一线光，
我想那里一定有你我；太息
透不进你的窗棂。只有门前
那盏脆弱的灯好像等着企望
那不能出现的光明；更惨的
那一声低的雁子叫过
黑的天顶，只剩下我
站立在桥下。那些日子
我又踯躅在人海的边岸，
直流泪，上帝知道我；
海水对我骄傲，那雄壮
我没有，我没有；我只不敢
再看见青天，横流的海，
影子跟着我走回我的家。

这些我全不忘记，我记得
清楚，像就在眼前的一刻——
那时候我愿望
是一支小草，露珠是我的天堂；
但你只留下一个恍惚，
踟蹰的踪迹，我要追寻，
我不能埋怨天，我等着
等着你再来，再来一次
就算是你的眼泪，你的恨。
可是到了秋天，我才看见
一个光明再跳上我的枯梢
雪亮，你的纯洁没有变更。
我听到落叶和你一阵
走近我的身边，敲我的门：
你再要一次的投生。
我本来等着冬来冻死，
贪爱一个永远的沉默；
这一回我不能再想，
我听到春天的芽
拨开坚实的泥，摸索着
细小细小的声音，低低地
“再看见你——再看见你！”

十一月二十五夜半

悔与回

——献给玮德

今夜哦你才看透了我的丑恶
你尽管用蛇一般的狠毒来咒诅
我的罪恶我的无可挽救的堕落
用不赦的刻薄痛骂我的卑鄙
我全都不怕我只怕你
一千回的诅咒里一次小小的怜惜
不要不要我忠诚的朋友你再不要
用一切怜悯的好心收拾我的，残缺的
烧尽的灰：没有一点火星再能点得着
我的光明。我低低的告诉你：完了！
感谢上帝给你残忍，你都能
用来咒诅我不纯良的放肆。
我只望你拿着麻醉的烟，顶凶烈的酒，
就在这一刻教我昏死不再醒来。

你大慈悲的宽量不必饶恕我
在这人世间自己找寻的罪恶。
你的诅咒，你的毒骂，正是我
日夜渴望的。我感谢，我赞扬
你忠心的责备好比一把尖刀
割断我临死的一口气，教我舒快的
睡在我的坟墓里，不再睁开眼睛
看到这太阳晒到的世界里
永远黑暗的戏，完不了的买卖。
但你是错了！你把我看成一个神明，
一个纯洁无瑕的偶像，你膜拜
一个魔鬼用着虔诚的颂辞；
到今天，你看清楚我的真身，
我的蒙混中蛇蝎一样的花纹
曾经在你可怜的心中妄想过
一个可敬的朋友当你揭开
我的面幕你的惊骇绝望的哀叫
不是不是你喊着你却不能
掉下一滴眼泪哀悼你丧失的臆象
这才是人的真相世界的究竟
欺骗的线勾通了黑暗交给你
一个金光的谎教你枉然欢喜着
人间剩下来的贞洁神圣的高超

但终究我是人我是上帝造下来
受着试探无穷的诱惑把自己
一颗宝贵的纯正的心不小心的
让色淫的火烧坏我还蒙蔽着在胸间
给你久长的相信相信我一点天真
常常为你私心的欢喜我再不能交代
我所该你这一笔无法偿还的债
多少人在不可计算的次数中
叮嘱我告诉我收好我的心收好我的心
我也曾经一千回的醒觉要自己
不辜负这般善良的企望把自己
在这人世间站在另一个位子上
全不为一点小小的试探降服
做一个例外打破这人世的定律
但是我太软弱我终抵不过
那些惑人的甜蜜紧身的拥抱
鲜红的嘴唇舐进我的舌尖只教我
一刻间推翻我的信念我的坚强
都只为一个温柔溶成了水谁知道
那又是假在这人的市场中
我逃不出这项交易我把灵魂
撕碎了交付在罪恶的秤上取回
这一把不能忏悔的污浊

就使你有长河一道的泪流也不能
洗干净这一身的丑恶但如今
你只在远处看我跌进了污沟
你指着我的身上嘶声的咒骂
这应该你要不吝啬你的狠心
为着世界的光明尽量地发泄
你心中对我的厌恨对我的失望
这也抵不过我在你心中一次纯洁的
天神一般敬仰的信心都一齐
给我自己现出真形我本来是
一个好好的孩子有着我的天堂
一路上我遇到豺狼一般的强盗
抢走我的心我只溺在欺骗里
拿到不常的梦虚伪的爱情
哦你听着这才是世界的真实
不变的律没有例外总是
找到顶准的证明罪恶不离开
每一个人不给你想到那里
再有一个朋友不把自己杀死
在女人的怀里你才始知道
孤单永远跟着你没有一天
你能看见你的幻想那些影子
欺了你多少回的喜快只不过

这一把不能忏悔的污浊
就使你有长河一道的泪流也不能
我的丧失我是死了
我用一身的罪恶裹着这尸体
睡进黑暗的坟墓里不声响
不再看你一双发光的眼睛
曾经热烈的盼望我的人格
好比金刚烧不化永远的坚强
你当我是一个幻想在你灵魂中
得到了又失掉找不回来
我去了我去了我远远地
远远地离开你只交付你
最短一句嘱咐我的好人我的天
只把我忘记直到你死去的一天
用一口鲜血喷吐出这终天的咒诅

十九年十一月二十一夜南京小营三〇四

白马湖[1]

白马湖告诉我：
老人星的忧伤，
飞过的水活鸰，
月亮的圆光。

我悄悄的走了，
沿着湖边的路，
留下一个心愿：
再来，白马湖！

二十年一月上虞百官故里

① 此诗后来编入自选集《梦家存诗》。

城上的星

你指着西天蓝云底
一点小小的光明；
你喊，带着轻的惊异
“一颗星，一颗小星！”

我们跑上旧的城垛，
“看，一盏淡淡的灯！”
清朗的从心上沉落
一个灭亡的回声。

供

我望着你，从这粉白的壁上
映出黄昏时西天的浮云，
我看见春天回到我的心里：
白鸽子的笑，翠鸟的碧青！
你，我供养着的灵草，吸收了
六月天阳光的热，（那殷红
三瓣小小的叶子灿烂的光）
阳春的杜鹃深夜的悲痛；
我吩咐晨光沐浴你一夜来
细碎的烦恼，落日的沉默
我对你的忠心有着一样的
静穆，却分明天地的黑白；
让温柔的风拂拭你的尘埃，
雾气的萦绕添美了新鲜，
我不忘记关上了窗门，不许

晚气来和你私自的寒暄；
一支烛光照耀你不变的红，
我低低念着小小的情诗，
香烟吐出的圈围着了你，像
阴天的云，那是我的心思；
你，我供养着的灵草，每一天
告诉我春天的信息，殷红
好比我的私愿；我凝视着你
白壁上一株小小的秋枫。

二月三日小营

太湖之夜

老天怎样会苍白成这样的光景！
凭什么要忍心撒下这些铅白的灰，
不教浪头驮了闪光在堤岸上撞碎，
留着焦黄的岩石显露它的饥馑？
这气色够使我想起自己的伤心，
可是黯淡里谁能说阴晦不就是美？
无限的意义写满太湖万顷的青水，
尽是单纯：白的雪，灰天，心的透明！
看不见落日，黑夜带来死的寂寞，
尖锐的旋风卷走了最后的声响；
灯火也不能安慰我无边际的惊惧，
我担心着孤岛真就会顷刻间沉没——
要不是清晨看见你，雪天的太阳，
万顷的灿烂，你一双乌光的眼珠！

二月八日无锡太湖别墅

摇船夜歌

今夜风静不掀起微波，
小星点亮我的桅杆，
我要撑进银流的天河，
新月张开一片风帆：

让我合上了我的眼睛，
听，我摇起两支轻桨——
那水声，分明是我的心，
在黑暗里轻轻的响；

吩咐你天亮飞的乌鸦，
别打我的船头掠过；
蓝的星，腾起了又落下，
等我唱摇船的夜歌。

二月底小营

铁路上

你，我，一样的方向
沿了两条铁轨走；
朝着紫金色的山，
吸收晚风的温柔。

经过山冈，绿的树，
新月描上了蓝云。
停了步，我凝望你：
“永不碰着的相近！”

沙漠的歌

那时候我原是好好的，
我说，不要来，我爱寂寞；
可是你来了，那样快的
一阵大风吹狂了沙漠。

我也得感谢你，你总是
我的沙漠里最后一声
强蛮的疯狂；你又抛下
这死的平静，啊，我的神！

现在你说，你得是一支
顶小的风抚摩一朵花；
你是这样去了，轻轻的
安下我每粒苍黄的沙。

我只得歌颂你，我的风，
大能的力，强蛮的美丽；
你的降临，纵使我骇怕，
你去了，我却又爱了你。

五　月

五月的天气静得像一只铜牛，
天上看不见一片走乱了的云，
河边油绿的小麦，艳极的玫瑰，
睡眠的波浪里沉着困倦的心！

纵使太阳忘不掉每一个五月，
可是人，你不许有清醒的永久；
收住你的喉咙不要唱得太高，
美丽的日子静得像一只铜牛。

初夏某夜

你要一个黑色的恐怖的夜，
一条沿河冷僻无人的小路；
我全然明白你，澂澂子，不是
这田塍上只少棵挡路的树？

你挨紧我，亲亲的，为的骇怕
水塘里跳出鬼在你的面前——
不要紧，就是我也不生坏心，
叶子早该绿透了，不是春天！

嘤嘤两节

可不是，一样的亮光？
荷叶上两颗露珠，你和我：
一阵风的绿会圆成天堂，
一阵风的绿会吹破。

可怜的，不许再妄想，
风里面停不住永远的梦；
听，落在水上清脆的一响，
你我自己都失了踪。

告诉文黛

告诉文黛，飞，只管飞！
可总不许提到“明天”；
潘彼得从来不知道
有一个“明天”在面前。

也不许说：彼得，我爱你！
彼得的心只是一张
补不好的破网，没有话
能够沾上他的翅膀。

飞，只管飞吧，好文黛！
你还是年青的孩子；
等到别的时候你再
想起，彼得已经忘记。

六月十九日雨夜，小营。

潘彼得的梦

彼得做了一场梦，
在昨天的晚上，
他看见一片落叶
发出一点声浪：
彼得，我是文黛！
彼得的心里
跳出一个奇怪。

但是早晨的钟响
掀亮他的眼睛，
他才醒悟这一夜
在一座古塔顶
挂住他的瞌睡。
彼得笑一声，
依旧往天上飞。

六月二十日是端午，写给真妮孩子。

在前线

在蕴藻滨的战场上

在蕴藻滨的战场上，血花一行行
间着新鬼的坟墓开，开在雪泥上：
那儿歇着我们的英雄——静悄悄
伸展着参差的队伍——纸幡儿飘，
苍鹰，红点的翅尾，在半天上吊丧。

现在躺下了，他们曾经挺起胸膛
向前冲锋，他们喊，杀喊，他们中伤；
杀了人给人杀了，现在都睡倒
在蕴藻滨的战场上。

“交给你，像火把接着火，我们盼望，
盼望你收回来我们生命的死亡！”
拳曲的手握紧炸弹向我们叫：
“那儿去！那儿去！听我们的警号！”

拳曲的手煊亮着一把一把火光
在蕴藻滨的战场上。

二十一年三月十日夜青岛

一个兵的墓铭

也许他淹在河里，
也许死在床上；
现在他倒在这儿，
僵着，没有人葬。

也许他就要腐烂，
也许被人忘掉；——
但是他曾经站起，
为着别人，死了！

三月十六日青岛

老　人

季家桥一个老头儿
跟着他的拐杖走，
背上一个包袱，
牵着他的孙子，
在黄昏里，一步一步
跟着他的拐杖走。
天还是下雪，轻轻的
飘，飘，飘，没有声息，
在四野，前村，后村，
雪还是下，没有声息：
盖住了昨天泛滥起的
平地的潮水；蝗虫
在雪地上跳，细嚼着
染血的烂泥。——都没了。
我记得昨天的薄暮，

两个兵扶着一个
污泥里爬起的老人
痉挛着，奇惨的尖叫。
现在却依旧是白雪
盖满这一片天地；
一朵一朵雪花落在
竹枝上，树尖上，屋上，
那些倒坍的屋上。
从前村，灰灰的两个
抬着一个在雪地上
滴下一瓣一瓣梅花
缓缓的走来，向他说：
“老头子，不要去啊！
也许，今晚上，也许……
日本兵是一群贼，
一群鬼，没有脑袋的！”
老头儿没有听见，
迎着雪地上的梅花，
跟着他的拐杖走，
他要回去，他要回去。

夜，落在雪眼里。
他们走过田塍，走过桥，

转弯，他认识村上的路，
认识每一条河，每一块
石头和它多少的掌故：
多少人坐过的，死了。
可是这桥下，他知道
有一块平坦的稻场，
是谁给掘了一个大坑，
黑黝黝爬着什么似的。
鬼？这儿可总没有
一个横死的。他不信。
总有什么人打这里过，
丢下些破烂的大氅，
绊着他的脚，没有跌倒，
他还绊着一些硬硬的
裹着棉花的东西。
他该走近那棵杨树了。
为什么他没有看见？啊，
这儿上年纪的人全都
一个一个死完了，只剩下
这一棵古老的杨树，
（看着他生，长大，一直到老）
一圈一圈重叠的年轮
记载着一家人的谱牒，

亮月天他们围坐在
树荫下望天上的北斗，
老人指出星象的吉凶，
他们说那一年扫帚星
出来了，“长毛”广东造反……
现在这些故事，跟着
说故事听故事的老小
一齐像门前那棵杨树
拔根儿刮去了哪里？
真的，那棵大树放到哪儿去了？
没有走错路，他看见
那个大井栏还好好的
坐在篱笆边，朝着天。
“为什么人要变野兽？”
他想着。他的熟悉的门槛
招呼他进去，仿佛一只
受伤的黑眼睛，门歪了！
黑的，他擦着一根火柴，
他才明白那棵杨树根
是什么时候从屋顶
窜进来，挤着一大堆瓦片
碎木头睡满他的床上。
“我是主人！”他心里叽咕：

“你们听了谁的命令？”
可是这般造反的家伙，
不，这些从祖上传下
用旧了的东西，它们自己
本不甘愿毁的。他饶恕
这群忠爱的朋友；
从小到老他轻轻抚摩它们，
不敢叫它们受伤；他爱
每一块修补的墙壁，和一只
修补过的茶壶，他熟悉它们
就像熟悉他身上的疤
或是脱落的那一个牙齿。
现在它们都这样不幸，
那都是主人自己的罪过。
“为什么要逃开？”他埋怨自己。
“再不走了，就是死！”
他默誓，对着祖宗的灵位：
（那平安挂在墙上的神龛）
“我要看守好自己的园林！”
这村庄载他过了一生，
那些翠青的竹树，每一枝
他都摸熟了，看它们长大，
看它们春天生出新笋，

繁衍着像他们繁衍的子孙。
他想到多少先人的脚步，
在这地上踩过，踩进泥土去；
就便有一天他要睡下，
在土里变泥；他也和他们，
（那些流着一条血流的祖先）
一同睡在他们从小踩到老
与他生命相依的土里，
用他们从地土取来的血肉
供养给地土上的树木禾谷：
这是他们的报偿，报偿本土
并本土上，遗留的子孙。
他在屋子里转转无数的圈，
老花的眼睛在暗光里寻找
那些亲昵的小东西，在哪儿？
“变动”移乱了他记忆的棋局：
东头那间屋，断梁压了
他的老牛，他喊不醒它；
磨盘下伸出一只生手；
他看见饭锅里盛满泥灰，
地上散下一些生人的灰毯，
水壶雨鞋，和那打剩的弹壳，
还有那墙根下睡倒着

打剩了的灰色的一个……
唉！一阵阴风从旷野里来，
吹冻了绕村的小河，
他的血流打一个寒噤；
那些竹枝沙沙的摇，
陡然竖起他的汗毛，
是什么支撑着这间破屋？
那边西墙立起一道黑光，
从那坍倒的墙空里，他望见
长蛇穿草似的声息。

漆黑的河水上滑过
一对对盾牌和长矛，
悄悄“摸”到更黑处去，
一对对盾牌和长矛。
老头子提着一个灯笼，
交给孩子，他摇一摇胡须：
“你去，好孩子，我不走了，
让你活着，你再能来！……”

二十一年三月十七日青岛

哀　息

三十里长密集的一条黑线，
远远像一条河在黑夜里流，
（笨重的韵节踩落在铁路上）
流响着他们中心的忧患：
“走啊！走啊！谁教我们这样的？”

三昼夜这一条密集的黑线，
像一条河（平地泛滥的春潮）
不问昏晓不问阴晴，尽管流
流响着他们中心的忧患：
“走啊！走啊！谁教我们这样的？”

这哀息渐渐流进我的血管，
我凝固着像岸边一块石头。
在南翔的站上我向上海望：

密集的一条黑线像河水
驮着他们的哀息黑夜里流。

“走啊！走啊！”你们幸福的哀息！
我想着在号角中排上天去
另一条密集的黑线，在云空
蜿蜒着他们灵魂的哀息：
“去了！去了！谁教我们这样的？”

三月二十夜青岛

铁马集

序　诗

我的思想不是一缸炉红，
它来得快，又来得显明：
像闪电不凭借什么风，
在不提防的时候降临。

有时候幽黯不曾参破，
你看见乌云遮没青天；
我的思想像一面黑锅，
它经过多少火焰的熬炼。

夏夜的闪电不告诉你，
明天是暴热还是大雨；
留心我的阴险，在思想里
不让你猜透我的计虑。

廿一年十二月十九夜北京

桥

桥，我常常睁开伤心的眼睛
向你望，你真是一只骷髅上
雕出的伤心的白眼，没有光
没有神采，一道严肃的沉静。
就给满天煤烟迷了你的眼，
大声的震荡麻醉你的神经，
电火在黑的网上布满飞磷。
钢铁的磨擦总不许你睡眠。
日夜你流，流不完苍老的泪，
你潜默的意识许是一团火
将要烧起，宣告那宗大灾祸，
在旦夕间降临到这群人类！
你的眼色尽是愤怒是失望，
不消说你还是想望流一回
欢喜的清泪，但河水再不会

有一天变干净，永远的沙黄！
你的泪，滚流着这个大都会
剩余的文化的遗产，数不尽
那些被弃的肮脏，和一大群
从罪恶上洗抹下来的污秽。
如今你老张着骷髅的白眼，
在迷雾中启示那一句骇怕
惊人的信息：你可怖的眼白
起始游织一层红丝的火焰。……

二十年七月上海天通庵

雨

自从那个早晨，
你的眼睛下雨；
我开始就记认
你明眸的言语。

如今却是黄昏，
我站在街头望——
轻风卷来一层
雨，遮没了天光。

沥沥的小雨声，
那是你的言语；
还有那只眼睛：
街灯濛着细雨。

可是这回湿了
我自己的眼圈，
你该已经忘掉
我心里的雨天。

七月十九夜天通庵

我是谁

我是谁？好的，倘使你想
知道，我一定，一定告诉你
一个完全。我要把心象
描在诗句上，像云在水里
映现的影子；不用说谎，
天在上面。人不能骗上帝。
上帝！哦，他启示我天堂
哪儿有真实的美，是透明
在我自己心里的灵光，
最是纯洁，她却不是眼睛
看得着的神圣；这奇丽
可用不着装饰，她要信心
建造她的宫殿。我自己
不明白，信着这样一个梦：
梦见一个洞，深到无底，

灰色的燕子成群飞，掀风，
有蜘蛛织的网满天穿。——
我爱黑暗里光明的闪动，
像秘密的关紧在一团
真金中心里的一小点水，
太阳收不起也晒不暖
她的心，容她自己去赞美
永恒的亮。我就最甘愿
长远在不透风的梦里睡。
睡呀!？这话可说得太远，
不是，你想要听我的身世?
我寒伧，讲来真要红脸：
我轻轻掀过二十张白纸，
有时我想要写一行字：

我是一个牧师的好儿子。

八月七日天通庵

我望着你来

我望着你来！
趁着一阵芙蓉香的轻风。
吹动你的秀发飘飘的飞，
西边的云彩露一色透红。
不要迟！我为你安排翡翠
联成的小桥，点亮千万盏
珍珠似的明灯：你要轻轻
撩起衣裙，点着你的脚尖
从一盘盘绿荷叶的上顶，
悄悄的来，不许惊散一颗
晶圆的水珠。我欢喜看见
你从那里来：红红的灯火
隐在白杨林中的小星点。
我望着你来！

我望着你来！

你来，来得却是这样神奇；

成圈的蓝云托着一盘星，

红红的光，月亮刚刚升起；

你飘飘的像飞，但是分明

你有脚尖点着一片一片

蔚蓝的云。我便是一个人

静坐在一角青天的底边，

悄悄数着你云际的步声。

我望着你来！

八月十日夜天通庵

焦　山

我爱一圈圈旋涡
吐出晚霞的红笑，
白帆悄悄的飘过，
小灰鸟婉转的叫。

我愿是一支小草，
攀上孤岛的石岩，
有一天我会枯掉，
江潮载了我过海。

八月廿九日枕江园

蓝庄十号

静是这黑夜的声音，但是
可怖的是这黑夜的颜色，
深沉又深沉，停止在竹窗外
那几张新织的蜘蛛网上，
淡黄的灯照亮这一角小楼，
只是这方丈内转角的墙壁
反射出暗淡的轮廓。——静得
惟听见古旧的表滴沥的
指示分秒的进行，与这夜
踏步的深入转变后异常
清凉的季候中，使我在静中
度量我自己：我恨，我悔恨！
光阴的转移是如此可惨的
教一切都改变：骇人的毁坏！
我眼看云烟的消散，轻快的

不留一点可寻的遗迹，
又是这般强蛮教记忆
铭刻着我的伤心：每到夜
我说记起这颠倒的命运，
上帝给我安排下多少晨昏
在你可爱的眼泪中并流
我感恩的眼泪，听你低声说
你和我秘密中的爱情，
还有那永远的信誓都一齐
成就了我哀痛的记忆，
我的羞惭，和你幸福的反面。
上帝只将幸福给幸运的，
厄难永远交给可怜人承担。
我苦守在这孤僻的村庄，
喝一杯浓香的苦茶，袅袅
给烟卷腾出了几十千条
灰色的小龙回绕我的梁头，
我凝视案前几尊泥塑的人像：
英武的拿破仑露一只
锐利又凶猛的鹰隼，他的雄心
正是我的羞耻：那位深乱
长发的贝多芬在他皱纹上
描出我的忧愁的线路；

这尊瓷石的骷髅头放出
一副狰狞的骨骼，深凹的眼
和一排冷笑的白齿，可怪
那鼻梁上停着一只红头
绿腰的小蜂，它的脑袋一个
窟窿里装满了我的烟灰，
那疏朗的老发是我安的
二十七枝火柴的黑尖。——我认识
这一切静物的相貌和它们
眉目间的傲岸，中心的冷淡。——
忽然遥远里号角幽幽的
涂抹这秋夜难堪的清凉。

九月七日夜南京

相　信

那一夜我走过她的墓园，
一株冬青下我仿佛听见
她的叹息："我不曾忘掉你，
相信我永远爱你在心里。"

我推开那座坟墓的石，
向那黑黝与阴寒中我问：
"爱，请你再向我说一句话，"——
一条鸡冠蛇在骷髅里爬。

九月十一夜蓝庄

天没有亮

打过了三更，
一下，两下，三下，
木梆这样沉；
轻的是四五家
睡熟的乡村。
我向窗子外看，
天还没有亮。

鸡叫了几声，
一个，两个，三个
星子往下沉，
世界是条黑河，
风吹的怪冷。
我向窗子外看，
天还没有亮。

九月十四夜蓝庄

夜　渔

我在床上听得见
板网落网的声音，
仿佛是这个黑夜
沉默里跳跃的心。

缓长的一起一落，
黑夜呼吸的恬静，
天上的星辰也会
缓缓闭上了眼睛。

天就如像一张网，
没了万千的网眼，
东方吐了一线鱼白，
红眼游进了晓天。

鲜丽的云彩逗笑，
白亮亮的小水浪，
几只晨鸟飞绕过
水边悬空的鱼网。

二十年九月十六日蓝庄

燕　子

我懂得燕子留恋旧巢。
你的眼睛像一只燕子，
今夜筵席上，你在寻找
我无神的眼睛，你迟疑。

去年的新泥已经变旧。
你的眼泪也曾经揉碎
在我眼睛里冷冷的流，
今夜单是流我的眼泪。

忧郁是你留下的羽毛，
风轻轻的吹，它就扬起。
但是燕子只留恋旧巢，
一迟疑，她又往远处飞。

十月十一日蓝庄

太平门外

太阳的影子向平原
流下时的雍容，
在紫金色的山坡下，
翁仲望着翁仲。

湖上的风朝山野吹，
群草轻轻的涌；
一样是秋天的下午，
翁仲望着翁仲。

二十年十月二十一日南京

铁马的歌

天晴，天阴，
轻的像浮云，
隐逸在山林：
丁宁丁宁！

不祈祷风，
不祈祷山灵，
风吹时我动，
风停我停。

没有忧愁，
也没有欢欣；
我总是古旧，
总是清新。

我是古庙
一个小风铃，
太阳向我笑，
锈上了金。

也许有天
上帝教我静，
我飞上云边
变一颗星。

十一月十八日大悲楼阁

致一伤感者

当初上帝创造天地，有光有暗，
太阳照见山顶，也照见小草。
——世界不全是坏的。

伤感在穷人是一件奢侈的事，
快乐在人手上，也在人心上。
——世界不全是坏的。

二十年十一月二十三日蓝庄

圣诞歌

天上的老翁，你下来吧！
我们摇响了圣诞的金钟，
祈祷天风替你驾起飞马，
你下来吧，天上的老翁！

窗外的白雪沙沙的下，
火炉飞旺着透红的浪焰，
彩腊在柏树边开出嫩芽，
屋上招展着一袅青烟。

我们欢喜的唱起圣歌，
阖上眼睛做感恩的祈祷；
瞩望你快从云端里降落，
烟囱是你安暖的甬道。

让你的白发在灯下飘，
卸下你肩上重荷的包袱：
那里装着我们一袋欢笑，
装着我们祈求的幸福。
给你带回我们的许愿，
安分的灵魂献一炷虔诚：
愿天堂的云梯接着地面，
我们好登上帝的金城。

天上的老翁，你下来吧！
我们摇响了圣诞的金钟，
祈祷天风替你驾起飞马，
你下来吧，天上的老翁！

一九三一年上海虹口

海天小歌

上

像浪花抱着浪花，
告诉青天和白沙：
我们原是大海的泡沫，
耐不住静耐不住沉默；
请向西风去讨还
吹来吹去的喜欢。

下

我愿是一朵青云，
你是云里的百灵；
飞到天门你脱下翎毛，
我们逃出世界的小泡。——

你不是说过，真妮：
“爱情容不下沙粒。”

二十一年一月蓝庄　五月青岛续作

鸡鸣寺的野路

这是一条往天上的路，
夹道两行撑天的古树；
烟样的乌鸦在高天飞，
钟声幽幽向着北风追；
我要去，到那白云层里，
那儿是苍空，不是平地。

大海，我望见你的边岸，
山，我登在你峰头呼喊：
劫风吹没千载的城郭，
何处再有凤毛与麟角？
我要去，到那白云层里，
那儿是苍空，不是平地。

二十一年一月十七日大悲楼阁

别蓝庄

我看见乌鸦落在田里，
看他们飞，看他们回去；
我看见灰云在天上转，
看他们散，看他们降雨。

夜半我站在桥上望山，
坝上的流水在桥上嘘；
但听见池里细脆的响，
我瞧见水瞧不见小鱼。

从来你们就使我欢喜，
教诉我寂寞，给我安谧；
如今我要从这里去了，
你们沉默着，也不惋惜。

一月二十一日

叮当歌

叮当！
从教堂的圆顶，
一群金色的鸽子，
穿过午夜的云；
叮当！
在山和山的中间，
教山谷回应
她们神奇的志愿：
“叮当！
从天上降到地下，
儆醒凡人的沉眠，
从泥尘升上云霞。”
叮当！
一群金鸽落在心里——
我的心是一片海沙——

轻轻的她们又飞起。
叮当！
告诉无数的桅杆，
吩咐风和风旗，
为她们指示方向。
叮当！
叮当在海上，
乘了无边的风帆，
向天上飞航。

青岛的午夜有时传来德国教堂的钟声，使我回想十五年前在江南一个神道院中，父亲抱着我倚了栏杆唱叮当歌。我祝福父亲康健，如这德国教堂不变的钟声一样。五月二十七晨，记于青岛。

白俄老人

也有过荣华，也曾豪壮，
衰了，他身受多少风霜？
他咳嗽，喘气，但又沉着
仿佛西伯利亚的大漠——
飓风卷走了他的篷帐，
他的人群，牛羊和星宿，
吹他来这海上的异乡。

但他壮严依旧像秋天
一柱静穆苍老的山尖。
有时候肺腑间的块结，
引起他咳嗽或是叹息——
那一阵痉挛轻轻摇下
他黄须上气凝的水滴，
只频频摇头，他不说话。

总是沉默，他衔着烟斗，
眼光在报纸上来回走；
有什么打搅他的心思，
他停下来，把眼睛举起——
轻的一瞥，落在尼古拉
神武的遗像上。也许是
寒冷使他呛，他喊；“陀娜”！

二十一年六月二日青岛咖啡

海

当我掩上一半眼，
从睫毛上偷看：
一点绿，一抹青，
淡黄和天蓝，
并一片大海。

我听见：小鸟的叫，
沙路上的脚步，
八只马蹄蹴踏
在林间，和终日
开山打石的粗声。

但是当颜色和声音
沉灭的夜间，
我的思想中还是

一片天蓝的大海，
白帆向天边
无穷止的飞！

六月十三晨，青岛。

小　诗

我欢喜听见风
在黑夜里吹；
穿过一滩长松，
听见你在飞。

吹我去到那边
不远的海港，
那边有条小船
等在港口上。

六月青岛

西　山

多少白皮松的萧萧，
多少云纱挂住松梢？
多少山泉流的幽悄，
山下的驼铃，有多少？

谁信云纱还送羊群
踩着松梢下山？谁信
今夜远远的骆驼铃
在十七的月下，像星？

中秋后，香山朗风亭。

西山夜游片断

这一条荫松下的山路，静
静得像一条长蛇的入定；
又像是苏醒了它在苏醒，
你不听见山岩上的小铃；
许是泉水从绿藤上丁丁
淋下来那样绻绵，那样清！

九月二十五夜香山客店

追念志摩

同大纲作

一

谁在和你谈心?
“是我!
跟着我来吧,
准没错。
秋天的太阳,
冬夜的炉火,
那亲切的温劲儿,
是我!”

二

谁在和你说话?

“你猜！”

“我吹熄了灯，
等你来！”

“冬夜的炉火，
寒空的星彩，
那温温的金焰里，
我在！”

三

“抽枝烟再走吧，
别忙！”

“我得回去了，
路还长！”

一天的繁星，
一缸的炉红，
月亮洒白了小院，
“是梦！”

十一月十四日，海甸冰窖。志摩死已一年。

影

是一棵树的影子，
一步一步它在移，
也许它有点心思，
也许它不大愿意。——
月亮自东往西。

最初它睡在泥地，
随后像是要站起，
慢慢它抱着树枝，
到了又倒在树底。——
月亮已经偏西。

十二月廿六夜，海甸，记青岛海滨夜步。

九龙壁

我问第一条龙你要什么？
要庄严，我给你辉煌的英容；
第二条龙，你若是要骄傲，
给你挺拔的身腰像一条虹；
也许你，第三条龙，要神奇，
我能创造一切人造的神工；
要是你爱云彩，第四条龙，
我雕十道彤云做你的扈从；
我晓得第五条龙爱膂力，
赋予你雄姿，强蛮，再有威风；
第六条第七条龙，给你们
神秘的灵眼洞照一切吉凶；
第八条紫龙，第九条苍龙，
在我手腕下赐给你们神通。

九条龙一齐喊：我们要生命！

玮德先有此题。十二月二十七日北京海甸冰窖。

塞上杂诗

一　古北口道中

过一片平阳的怀柔，
过密云，密云似的山峦；
虎纵，龙飞，又像三峡间
无数支湍流的奔窜；
白日是浑浑的死黄，
大月下万重山的冷淡，
山涧，溪流，停住了呜咽，
倒挂着丝巾一千丈；
山坳间两三株古树，
叫来茅店中一声鸡唱，
有时远处隔多少山峰，
飘起骆驼铃的叮当。

二　承德道中

过一线巉岩的鸟道，
青石梁，红石梁的嵯峨，
雄伟险峭，就好似李白
与李贺的长歌短歌；
上，下，三千仞的悬崖，
过滦平，晚照中的滦河，
短笛山谣，送牛羊下山，
平林后有几家炊火；
暮色披下山，看峦头
又似昂首奔腾的瘦马，
垮着山脚下一带云气，
蹴开了满天的黄沙。

二十二年三月十二日夜　北京途间

唐朝的微笑

在古老的尘封里，
死绿的，斑落的；
一叶青石上，
刻着那古装的神像：
我从侧面窥探，
她在庄严下
冷淡的，沉默着
一抹笑角的希微。
你是青石上的神像，
野地的含羞草也像你。

秋雨偶然作

若不是这夜雨的淅沥，
也许我睡着了，也许不。
若不是雨，那绵绵的静寂
也会落下来更轻更稀薄
你那细细像雨的叮嘱，——
睡眠在哪里呢？（我但闭紧
眼睛寻）你的声音也在说：
睡眠吧，我的小亲亲！

九月二十二夜狮子山

秋　江

有无数张缓缓西行的帆片，
薄刀似的顺着江流在分割
两岸的平芜，浅山，山后的天，
也切碎了江上向晚的淡泊。

也有片小小秋江上的帆篷，
载满暮色的渺远，风的无言，
它割裂了又轻轻给它弥缝，
那云堆，重山，平芜似的思念。

九月二十四日江干

雨中过二十里铺

水车上停着的乌鸦，
什么事不飞呀？飞呀！
葫芦爬上茅顶不走了，
雨落在葫芦背上流。
静静的老牛不回家，
在田塍上听雨下。

草屯后走来了一群
白鹅在菱塘里下碇。
小村姑荷叶做蓑衣，
采采红菱吧，云在飞呢！
雨，洗净了红菱，洗净
那一双藕白的雪胫。

二十二年十月十日夜狮子山

秋风歌

风啊，领我去北极，冰雪的北极，
或是去赤道上永远看不见冰雪；
我就怕度这温凉循回的变更，
北风吹不去我的余温，春天我冷。
风啊，快告诉我是不是热望，
升绝顶就有绝命的危冈？
是不是热情的长河流到海，
它的怀抱就是冰凉，掩埋？
风啊，你可敢说万物的劫数
都像那枝成熟的骄傲：那野树
在葱郁后要凋谢不许踌躇！
风啊，你敢说洗劫后的天地，
从此不再现春天——岂不也是你
传示这消息说春天再要起！

风啊，吹吧，吹吧，吹去一切败叶，
吹去你自己在落叶上的叹息，
吹去一切，给世界完全的清洁。
风啊，吹吧，吹吧，也吹去我四边
可怜的挂牵，吹它们向空乱旋，
吹去它们离开我记忆的恩缘。
风啊，借给我你行飞的翅膀，
无色希微的羽翼，容我开张
在万里的穹苍，静静与寂寥
呼吸——还是你这刻间就断掉
我呼吸的自由，即使是你
风，我也想不起你在哪里？
但是风啊，凭什么你能吹动
我灵魂间的无理，它也是风！

中秋前一天就下雨，整整五昼夜不停。今早开晴，风又起了。在山上住有一个多月，听惯了藏在叶间的秋风。（我的北窗临着山坡，三四株杨柳和榆荚）飕飕的疑心是雨，又疑心陨星落下的细屑。杂在这细屑又缠绵的风叶声中的，更有山下夜半的更鼓，和前后两小山女修道院和圣母院的夜祷的钟。常常有些无告的落叶，依附在我的北窗上，像有羞羞不敢说说不清的忧思，我的灯光也瞅着它们难受。这旬日间，小楼的住客自己也在这挂单的生涯上小苦，此地陌生得无可告诉的，不是寂寥就是风。风是长长的，还是告诉了它吧。也许带我的告诉到远处去，也许托付远远一片叶子，落在远远的一扇看山云的小窗上，它会诉说我的诉说的，我如此盼望。

十月十日并记于狮子山青阳楼。

黄河谣

浩浩的黄河不是从天上来的，
它是我们父亲的田渠，母亲的浣溪；
从噶达齐苏老峰奔流到大海，
它是我们父亲的田渠，母亲的浣溪。
在它两岸，我们祖先的二十四个朝代，
它听到我们父亲的呼劳，母亲的悲哀。

浩浩的黄河永远不会止歇的，
它有我们父亲的英勇，母亲的仁慈；
奔泛时像火焰，静流时像睡息，
它有我们父亲的威严，母亲的温宜。
五千年来它这古代的声音总在提问：
可忘了你们父亲的雄心，母亲的容忍？

二十二年十月十五日狮子山

一半红一半黄的叶子

冬天快来了呢?
“在山那边喘一口气。”
凤尾草还红红怪鲜丽的,
“她是秋天最后一个脚印,——
穿着黄色褴褛的睡衣。”

老鸦飞过山了,
“我们同它一齐飞。”
山背后走上个头白发的,
“她踩过凤尾草上哪边去?”
——我不知道鹧鸪为什么啼。

十一月十六日晨狮子山

梦家存诗

过当涂河

我想象十四的月光，
如何挂在古渡的危塔上。——
你看吧，樯尾的“五两”，
垂下了落湿的翅膀，
“哪里飞，哪里飞?”它不敢喊，
从东岸张望到西岸。

小小的“五两”在我们头上：
我们看走去的一把伞，
我们看走去的一条岸，
我们看米襄阳的烟山——
雨落在当涂河上。

廿三年九月二十六夜海淀

小庙春景

要太阳光照到
我瓦上的三寸草，
要一年四季
雨顺风调。

让那根旗杆
倒在败墙上睡觉，
让爬山虎爬在
它背上，一条，一条……

我想在百衲衣上
捉虱子，晒太阳；
我是菩萨的前身，
这辈子当了和尚。

廿四年二月四日，岁首，燕东园。

当　初

当初那混沌不分的乳白色，
在没有颜色的当中，它是美。
从大地的无垠，与海，与穹苍，
是这白雪一片的雾气，在天地间
升起，弥漫，它没有方向的圆妙，
它是单纯，又是所有一切的完全：
我母亲温柔的呼吸，是其中
微微的风，温柔是她的呼吸；
那亮光是我父亲在祈祷里
闭着的眼睛，他与主的神光相遇。
啊，我只是微小的一粒，在混沌间
没有我自己的颜色，没有分界；
那乳白色的一片，多么深远，
但我米小的在其中，也无有边缘，
我就是那渺渺乳白色间的一点。

他通到无穷去的周围，是乳白色，
他自己占到米小的一点，也是。
我有呼吸的从容，因为无一丝
阻碍我自由的伸舒，我从容的
在没遮拦的渺茫间浮沉，我又
借取了天使的翅膀，向空周旋。
不用辨识那完全清楚的一色，
天地与海的名称，不能妄称，
不能妄称神的世界间的神名，
不能喊出我自己的名，我原没有。
但是我和母亲的相合的呼吸，
它们全无分别的呼吸在一气，
融融如乳水的天籁；
我在那中间，吹开一口气的泡沫，
翻出那不受劝服的波浪，既然这样，
我听便自己无思想的飞射。——
到时候我清醒了，
那头上的天花板摇篮的白
和陈旧的白窗帘，也使我混乱
究竟那和刚才梦里有什么分别。
我没有智慧去分别，梦和醒
在我是一样；母亲乳白的胸脯，
我埋在她的温柔里，我吞进

那一点紫红的星：是爱，是温，
是我生命的泉源，更是我
在乳白色间想到的日光。
母亲淡淡黄的白胸脯，她是
我醒来时惟一的颜色，
我闻到那从紫星中流出来
生命的芬芳醒的芬芳；
都是淡而不浓的，它们原和
我梦里的光景一样，一样，一样，
它们就是怎样引诱我去
乳白色间的梦。
母亲，我原不知道你是辛劳，
在我看来，你乃是万能，你有
两座雪白的高山，两颗紫星
是世界的王，庄严的宝座。
我有这一点敬爱，我想要
申诉我的颂赞，但我不会说；
还有我父亲，我说不出他的威仪，
他的祈祷何其温柔
谦恭，不解的意义，我认识
他神色间的虔诚与安详。
我要再有一回奔回这境界里去，
我想望那单纯，无知，静的混沌，

那里有天真，有不笑的欢声，
跳跃的脉息，我认是天使们的飞；
过后你温柔的催眠歌里，摇出
摇篮小小的颠簸，我认是一条
去那梦世界，一定经过的路程。

二十二年十月廿二夜

登　山

从那里我又沿溪水间的银杏，
跨过云飞的桥，穿过绝壁危崖，
我登泰山的绝顶呼喊长风，
要它带回来古代人曾经的足响：
七十余王的登封，谁更数得清？
何处是秦始皇雄视九州的驻石？
还有为天下木铎的孔丘，他来登
岱顶遥望九点烟的齐鲁，天下
变小了，谁再能有他浩博的胸襟？
哪儿是孟轲的家乡，在一丝银线
挂着的汶河星棋的田陌中间？
还有此邦的稷下先生，谈天雕龙
或狂笑或垢行的古人，他们在哪里？
我要他们回来，在这山风当中，
听他们走回来的足响，走回来！

啊，万方的风云在我上下摩荡，
我惟见青天上孤鹰的徘徊，
那无数支梁父山起伏如蛟龙，
为何你雄伟有如此安稳的沉默？
为何不再唱出声来，你巉岩间
老杜悲亢的坎坷，你绵绵无尽的嵯峨，
像山东李白的长歌，并那山阴下、
古长城的荒凉，如岑参歌中的朔漠？
我指望你们再来，如在灵岩山
峭壁如城中的一株古松，向西方
指望玄奘的归来，忠心的盼望！
我怕，黑夜中是何等恐怖的风
击响绝顶的铜瓦铁马儿惊慌，
又是何等神手在何等砧上
捣洗世界第二天的云裳？（我听，
我听在天明前是什么黑云
张没了大黑，预备明天的光明。）
向峰头我独自去等，鸟也在等
朝阳在万顷的东海银波上荡漾
像香炉，像灯笼，像老人的喜笑，
升上来，升上来，告示白天的开场！

二十二年十月廿六日夜半

出　塞

热情吞没了以外的悲喜，贪心给我
追往日的光荣，但谁又敢拦阻我，谁
不听见这古城的哀哭，每一块石
全在惊惶着行人的悠闲，每一片
玻璃瓦在阳光下炎炎的火苗，
吐出可怕的预言：再有多久，多久？
“我有七百年长寿，在异族中长成，
复兴，又为异族而沦亡，再光复；
创业时的艰辛，忠心和它的热望，
全在我古老的骨骼间存在，如今
你们忍心眼看我的崩坏，我伤心
你们对我生命光荣的信仰，有过
多长的岁月，你们竟毁之于一朝？”
古城北京这样说：“老鸦儿笑我吧，
我的宫殿的基石也正在讪笑；

铜狮子说他耐不住寂寞，要去寻
新的主人，铜鹤想飞出这等冷漠；
还有闷不住声的古鼓全都叽咕，
说它们不再愿意做陈列的俘虏。
景山上我在望呢，望望前门外
那三盏白灯几时再亮起，几时挂？
你们向哪一方去，人，向南，还向北？
这样匆匆的忘了我也罢，我不能；
玉泉山下我的呜咽，在冰河下还是
潺潺的流，冷冷的流我的眼泪，
要到几时呢？”——唉，这流水间日长
夜长的哀泣，流进我思玄的静园，
我在读以色列人的流亡史，我遥见
长城外黄云黑云间的烽火如心乱；
天桥买老羊裘，东市买毡靴皮帽，
我要去，去看朔漠间柳条的红芽；
十二月寒风如麻鞭，沙粒像针飞，
婉娈似月的日下，有声没有人迹；
去，去，一去万里外绝塞的寒沙，
不信其间无寸绿的昏黄，天与地！
那一片平阳的怀柔，坦坦的无际，
那密云，密云似的山峦，起伏飞纵
那不可勒制的奔窜，像三峡间

无数支夺路的湍流，在平地高耸
那屹然入定的雄姿；更那千万匹
风洗净的山涧溪流，是什么神工
在日光下暴晒的丝绸，像怨妇
半夜里的远思，停杼不敢有言语；
那数重山以外丁丁成串的骆驼铃，
飘忽在有无之间，使人疑心在此
何处来的飞鸿，或如一鹤翘望
云山，有独立的矜持，沉重，有那
神圣无华的眼睛，多少颗潜思，
你沙漠中，酸风下，流泪的骆驼！
啊，无边的酸风用什么冷淡，死灰
黧黑的颜色，涂抹这瑰伟的山峰，
用什么大力止住了高山湍流的
雪水一齐站住？让你在长空间呼啸！
我经过此间恍惚温理古人诗篇
悲壮的荒漠，不但陇头水的幽鸣。
我望见古万里长城跨骑过千山
万山它绵绵的伸长，望见年岁战迹
留在它淡黄浅红的颜色上，那衰老
与倔强的存在，是我们的万里长城！
万里长城，告诉我你龙钟的腰身里
收藏多少锋镝；告诉我那些射箭的

英雄，他们英雄的故事；告诉我巍然
无恙的碉楼如今更望得见多远，
有我汉家的大旗在苍茫间飞扬？
我望长城，长城望我出古北口险关，
过青石梁红石梁巉岩的驴道，
压人的峭壁在左边欲倾，右边是
千丈无底的深渊，数鸟的盘旋，
石卵沙砾流成河，流去铺满了
冰冻的滦河；无主的黄山黑岭上
牧羊儿领群羊，徐徐如水的归去；
我望见黄昏中几点炊烟，在晚风里
袅袅指点峰背后承德的行宫；
望见行宫殿角上的铁马儿，四近
几点晚照中寒鸦啼破了的寂寞。——
壮伟的河山，我想起曾经仰望
惊讶你被遗忘的雄丽，如今是什么
马蹄践踏你叠浪的白龙堆？
我记起春风三月中的峭寒里，
小月下度过残缺的冷口，皑皑
高耸的数峰，背负了一道长城，
那山坳洞穴中那数点灯火的哨声；
那峪中穿沙去的流水，我听见
单匹战马昂然立在独木桥上

垂鬓饮水时那静悄悄的水声；
我记得那悲壮与冷淡风晕的
关山月照过的关山，如今在江南
望见九月初的小月，它正在冷彻
冷口外听流水无家归的白骨！

二十二年十月三十日

长诗及译诗

鸿蒙

——《往日》之一

当初那混沌不分的乳白色，
在没有颜色的当中，它是美。
从大地的无垠，与海，与穹苍，
是这白雪一片的雾气，在天地间
升起，弥漫，它没有方向的圆妙，
它是单纯，又是所有一切的完全：
我母亲温柔的呼吸，是其中
微微的风，吹不来四季的消息；
那亮光是我父亲在祈祷里
闭着的眼睛，他与主的神光相遇，
那习习有声无色神奇的飞动，
啊，她是天使的翅膀，也是我的——
我是微小的一粒，有混沌间
没有我自己的颜色，没有分界；

那乳白色的一片，多么深远，
但我米小的在其中，也无有边缘，
我就是那渺渺乳白色间的一点，
他通到无穷去的周围，是乳白色，
他自己占到米小的一点，也是。
我有呼吸的从容，因为无一丝
阻碍我自由的伸舒，我从容的
在没遮拦的渺茫间浮沉，我又
借取了天使的翅膀，向空周旋；
我看不见美丽，也无处去寻，
他们说美丽也有它的对敌；
光明不在我的眼前闪亮，那儿
没有夜，更无用早晨的来去，
四季花的开谢，即使喜欢的
一种笑，也沉淀在无声的静处。
我不用辨识那完全清楚的一色，
天地与海的名称，也不能妄称，
不能妄称神的世界间的神名，
不能喊出我自己的名，我原没有。
那儿无有升在云上的哀祷，
我听见但只天地间自然的呼吸，
我的和我母亲的相合的呼吸，
它们全无分别的呼吸在一气，

融融如乳水的天籁。（我说我的，
也无非慈爱的母亲，在寿命中
移给我天赋的一口气的延续；）
我在那中间，吹开一口气的泡沫，
无上无下的飞动，流动，我是
那不受劝服的波浪，既然要，
我听便自己无思想的飞射。
啊，要是生命中真有智慧，
我敢说在无知中生长，不死亡
就因为得不着什么，也不失落
它原始的无根无底的浑实；
那没有失望的永始永存的天，
并且地和海在它无终的位上；
那儿我流眼泪全为了欢喜，
一种无名的欢喜，只有流泪。
我有缺乏即刻就被填补，
母亲是仓库，她不但给我乳，
并且在我呼吸时的不伸，她也
吐给我一口，那温馨的香蜜。
不教我醒，我睡在温柔怀里，
上帝的平安，也永远在那里。
天使等候在窗外，她听见了
父亲蹑足时的静，和他眼中

不敢惊醒我的一瞥，她就来
领我去；不，我早就在那儿；
就是我啼哭时的清醒，也会
从我流泪的小眼珠中发现
那乳白色的世界，那个天堂。
即使有真正的清醒，（决没有），
那头上的天花板，摇篮的白
和陈旧的白窗帘，也使我混乱
究竟那和刚才梦里有什么分别。
我没有智慧去分别，梦和醒
在我是一样；母亲乳白的胸脯，
我埋在她的温柔里，我吞进
那一点紫红的星：是爱，是温，
是我生命的泉源，更是我
在乳白色间想到的太阳。
啊，母亲淡淡黄的白胸脯，她是
我醒来时惟一的颜色，醒的颜色；
我闻到那从紫星中流出来
生命的芬芳，啊，醒的芬芳；
都是淡而不浓的，它们原和
我梦里的光景一样，一样，一样，
它们就是怎样引诱我去
乳白色间的梦，和使我忘记

更有什么不香的香气；
啊，母亲，你笑，你笑，那又是小仙
在你睫毛下的翅膀，在你酒窝中，
她们寻着了最难得的深藏；
为什么我不会，我小小的婴儿，
为什么不会那样的一笑，母亲？
可是太小了，也许是痛苦还
不曾临到我，你替我抵挡了；
可是那一笑间原不是喜欢，
它是一切痛苦遗失下的反光？
我原是无有的，你给我生，给我
生命的第一声啼，给我摇篮
和你胸脯间的跳跃；你逗我
在你的怀抱中第一声的笑！
啊，第一声的笑！第一声的笑！
你还给了我你温柔的手臂，
围绕我，像一个小巢包藏我，
你唱，你轻轻的摇，轻轻的
摇来了你祈祷的平安与睡。
母亲，我原不知道你是辛劳，
在我看来，你乃是万能，你有
二座雪白的高山，二颗紫星
是世界的王，庄严的宝座。

我有这一点敬爱，我想要
申诉我的颂赞，但我不会说。
我说不出父亲的威仪，我
听见他的祈祷何其温柔
谦恭，不解的意义，但我认识
他神色间的虔诚和安详；
我看到他威严的眼光注视我，
在他眼火中注下力，信心，
注给我一个智慧以外的痴顽；
因他，我才有最愚尴的痴心，
忍受世界上对信仰的讥刺。
这虔诚，安详，并这痴信，
我认识，因为日夜在我梦里，
我那样无目的，无忧的流动，
正是灵魂的愚尴，他有多么
虔诚与安详，上帝所喜悦的！
上帝喜欢人沉默的祷告，喜欢
孩子们无希求的啼，无心的笑，
喜欢他自己不沾染的外衣
是乳白的，他的名从来不告人。
我们婴儿们在没有取名的日子，
他看见真正的上帝和上帝
真正的天国，我信是乳白，或者

不用乳白这名字的一个美地。
我去过，在现今我在别个孩子
爬在娘乳峰上的时间，那一种
睡眠的平安，那一息乳的香气，
都是这个天国最准的消息。
每一个人有他乳白色的经历，
怎样躲着在母亲的慈怀里，
一双看不见的羽翼，怎样飞，
怎么在现在的累赘中消迹。
但是父啊，母啊，可能让我
再有一回奔回这境界里去，
不单是回忆中的温习，好母亲，
告诉你儿子能有这痴望不？
我想望那单纯，无知，静的混沌，
那里有天真，有不必笑的欢声。
母亲，为什么给我第一声笑，
第一声笑，笑失了我笑的
那可爱的梦世界，那里你我
并上帝全不笑，不能笑的实在！
母亲，我不怨你，你本无心，只是
时间长大了我，毁了我，不是你！
起初我在你怀中承受你心上
跳跃的脉息，我认是天使们的飞；

过后你温柔的催眠歌里，摇出
摇篮小小的颠簸，我认是一条
去那梦世界，一定经过的路程；
现在是何等手在我摇篮边
默默摇出更大更不平的颠簸，
母亲，你的歌声哪里去了？告诉我
这命运的颠摇，带我上那里去。

昧爽

——《往日》之二

从什么地方我得到了生气，
在碧绿的草原上，我赤脚奔驰，
上小小的山岗去骑石狮子，
援那翠竹杆去探雏鸟，梧树上
你数数看，今夜的星子多少颗？
他们说那数不清的星星是
我们孩子们喜笑变的光明，
哪颗是我的？哪颗是我们父亲
当初变亮了的，现在还亮？
他们说星星是天使们的珠珠，
是她们织的珠网，她们套在
孩子们的梦上教孩子们去住。
我想去，我认识美丽天使们，
她们的翅膀像白鹅一样的美，

美丽如像我们众姊妹当中
拼合的美丽的百倍，她们柔和
但也有斗气，生气，不乐的脾气。
我晓得天使们的偏心，她好待
我们孩子，好待在世好心的人，
接他们的灵魂上天，她有职分。
父亲告诉我，要做好孩子，
要正直，诚实，信靠我们父上帝，
告诉我们木匠的儿子耶稣，
他是白胡须老公差遣下世
来救罪人的独生子，他是救主；
告诉我们他在马槽里出生，
在天兵的荣辉，天使的歌中，
他降生如同天光降在世上；
他是贫贱人的儿子，并不尊贵，
并不骄傲，他是拿撒勒的木匠。
他的心是宝贵的；父亲说，耶稣
十二岁时怎样去听道，怎样
和魔鬼有过四十九天的战争；
他的朋友是渔人，罪人，和一些
激进的党徒，他爱不洁的庸人，
可怜病人，喜欢我们孩子们，
他说进天堂的都要像我们；

他说一粒芥子能长成大树，
婴孩一点好心是良善的基础，
他说上帝的荣幸赐惠于野草，
受伤的小羊是主所爱的圣羔；
他说过奇怪的比喻，行了人眼
认为稀奇的事迹，他说肉身外
我们更有应该得救的灵魂，
教病人，穷苦人，并我们孩子们，
要准备好清心，投奔上帝的城。
他是完全的好人，我们要学他，
听他，现在他还要听着我们一袅
像香炉顶上喷吐的祈祷，
他又接受我们每一个中心的恳求。
但是我奇怪为何这拿撒勒
再好没有的圣人，他要穿上
敌人嗤笑的紫袍，给他戴上
那流血的，荆棘的冠冕，钉死
在十字架上，我们救主的收场？
不，他是骑小驴的君王，在谦卑上
有他无上的尊贵，胜过亮光，
在胁迫苦难中，无价的流血，
他为一切羞耻与污浊洗洁；
他不是痛苦，悲哀，那灰尘里的超升，

在人世死后的第三天，安然升天；
现在他高高坐在天庭，他要再来，
接我们去他预备着的宫殿。
那儿是金子的栋梁，嵌着珍宝，
地下铺碧玉，星辰做窗口，
翡翠，红宝石，玛瑙，一切的珍宝，
在那儿多得像地上的沙土；
上帝锁住了死亡的仓库，上帝
不放开黑夜的幕帐，生命树
开着不老的鲜花，不散的奇香，
上帝心上的光是长照灯，照亮
金玉城的昼夜，那儿用羔羊为灯的，
在城上亮着不必再亮的光亮；
那儿众天使像鸽子一样飞，
绕在宝座的左右，我们的主
威严的望着孩子们进去，
像望着小绵羊进他的怀抱，
他长寿的眉须每一根亮，
他的声音就在白弦子里响；
我们全有一副雪白的翅膀，
在无境的花园里飞过山岗，
飞过天上的云霞，和我们
一起飞的，是比鸽子更灵的天使。

我们要去，要去，准备好孩子们
透明的良善，碧青的真诚，
我们在秋千上试试腾空的美，
暂且把树枝当天上的云垒。
早晚我们跟父亲祈祷歌唱，
小心中自有一个贪心的想望，
礼拜天我们坐在教堂的前排，
手中的画片上是十二岁的耶稣：
他是年青又美貌，头上放白光，
黄金的散发，和尚式的长袍，
他的眼睛会转，只要使劲望，
望见了他和善的笑，像说话，
像允许孩子们贪心的希望，
像招呼我们去，那里是天堂。
夜来我们长跪在母亲床前，
默默的祈祷，我要一切玩具，
要有一双白翅膀飞去天堂，
我合起小小的手掌祈求；
也听到从天堂那里有回应，
十二岁耶稣的回答，他答应。
喜笑和我的眼睛同时放开，
那支烛光射在白粉墙上动，
还留着耶稣回答时的笑容，

他头上的光，像光样温溶，
溶化着我的倦望，溶化着远远
礼拜堂夜祷的钟声，往天升。
这一夜我真就驾云飞上天，
我看见那宫殿的辉煌，有荣光
作晴空的云，雪白的羽毛
是天使和神人一色的衣裳；
在那儿，我瞧见十二岁的耶稣，
他戴的还是白光，不是荆棘，
他和他的小羊在一片青青
永不凋谢的草地上讲故事，
他喊我的小名，他说“来，来，
在这里我给你昨晚的要求，
只是这些玩具在天国里
不属谁有的，玩好不许带走。”
我先吹弄一只小银笛，
它唱出云上的歌，一群五彩凤
高低飞列，一阵歌唱的抑扬；
我敲小鼓，来了一大队小兵，
金胄甲，银枪，在军旗上写着
我的名号，威风何其凛凛；
在一方圆镜里，我看见美好
年青仙女的跳舞，她胸口袒亮

一盏小灯，闪着我含笑的面貌；
我又翻开棕黄色的一卷古册，
写着“凡谦卑热心与正直
乃是至上的智慧，最乐的恩赏
凡是爱心都是清洁的泉水，
它洗得净油污，全能的解放!”
这时间天宫的歌声又在唱
那忏悔下界早晨的开始，忏悔
凡俗人第二天罪恶的延长，
我听到其中温柔的责备——
是母亲在床上推醒我，她怪我
一夜来的乱动，含哭的梦呓。
但是小妹，她相信我不说谎，
她和我一样虔信这样一个梦，
我们只要真心祈祷就能去，
那地方就是天堂，天堂在梦里。
她说她也常常去，常常飘荡
在云堆里，有许多仙女们和她
一同升，一同唱，身上有亮光；
她得着的恩赏比我多，她说
耶稣说越小的孩子越好，
她还说，在世间我们不敢欺负
任何一个人，在天上有明眼

记载我们的错犯，受欺负的
在天上得着更丰满的恩典；
她好几回说，我们应该忍耐，
我们的福缘在天上，她说。
我忍耐的等待二十余年了，余妍，
可是你却早早的去了，太早的，
在你五岁的时候就舍弃我，
不顾我还有许多次的赔礼，
我比你大两岁，我时时欺负你，
在小事件上，余妍你总是谦让；
啊，上帝爱了你，他要你先去，
留在世界上的，全是不成全的
该多受罪的恶人，上帝的刍狗！
余妍，在天上有你的荣耀，地下
留着我，再寻不见那像你那样
聪明神通的人，和我一同说，
我们昨晚上的梦，一同约好
我同一个梦中的相会。啊，
我们一同飞过，一同唱在天上，
人不相信的天上，有我也有你，
在宫殿第七层上编理星星，
我们下来时星星也下来了。
我记得你比我更能飞的翅膀，

你说一句话中天真的神奇，
有谁及得上你，我惟痴痴信
那简单与神性的真理，你有！
在最后下雪的礼拜六，你说
你要回去了，在天上过圣日，
你知道自己的命数，你的福分
原在天上，地下五周年是寄身；
啊，你弥留时一个圆光的微笑，
你眼睛也笑了，透明的微笑，
那笑是一种神圣的消息，你说：
“天使的脚步在窗门外等你。”
我从小的眼泪只那一次，为你
流着最无理的伤心，你原是
升天去的，但我不能不伤心。
纵使你也托梦告诉我，你在
天堂中的愉快，你告诉我，不只
在梦里，真有天堂的存在；
我信，我信，因为你那样幼小，
上帝决没有给你说谎的黠巧；
可是哪儿再有你同来承担
我们痴信中仙游的愉快？
年年圣诞树上银亮的烛光，
为你它温溶着昏暗，悲伤，

我们赞美诗唱得还是响亮，
没有你就没有真信的主张。
从此我们在祈祷里想念
一个全美无疵的影子，从
活泼有生气的骸骨中飞去，
留着不散的光，不灭的声音。
啊，这不幸的丧失，她给我
更大的信心，更真确的消息，
在我幼年愚顽的思想中，种下
一株毒害生人的树，约束我
不许太快离开孩子们的梦国
我还是死心想要飞，要飞，
不管时间的灰尘，如何严重
我要飞的翅膀，祈祷的神力
会给我们展飞在梦里梦外
无边际的飞，向天上去飞。
在神道院的古松树底下
我飞过无数次的梦飞，我去
寻过天上地下各样的奇丽，
那梦中的不朽，醒后的无有。
直等那十年同寿的葡萄树，
挂满不舍的红泪，看我们
悄悄离开虎贲仓的园门，

看我悄悄和我离奇的梦飞
分开了，不再回来的，不再回来！
啊，这飞去了的“飞”，只存在我
永不忘记的怅惘里，它不再给
梦的翅膀，梦的天空，那梦
已经许了别个更小的孩童。
残忍的“长成”更时时动摇
我对于梦不实的信依，它在
有见识的胡须下被讥为
无稽的神怪，他们说没有梦。
父亲告诉我外邦人的邪论，
告诉我如何才能更信任
你引我们相信要飞去的梦，
怎样我们才能一直飞不沉？
啊，愿我诚心之祈祷直献上
慈悲父的耳中，我再要飞，
再要飞，即使没有鸟的自由，
还给我飞的梦，梦的翅膀！

十月二十三日天明前

陆　离

——《往日》之三

啊，是何等光劈开天的亮窗，
在日落后午夜前是何等光？
它给黑夜多么惊奇，多么快，
一个忽然的奇光把天窗打开！
是热，是火那样不经意的来临，
是神的威怒，还是希望一溜现
又消逝了的，你，你是何等光明？
我不敢迫视，因为黑茫茫的
还是夜，你的消灭在我心里慌，
那，我知道是热，是希望恳切
并它遭殃的劫数，并一切哀伤；
在我的黑夜中它给过惊奇，
给过黑夜的假白日，给过谎：
殒星的妖象，你们退去，变冷，

变硬，不再属我痴心的指望，
我要真心等黑夜走完路，
等大黑，等第一声的雄鸡啼，
在没落的黑夜前，我要看见
更新鲜华丽，明日的太阳！
醒醒吧，我无数骇人的恶梦，
那全不是我的本意，是黑暗
跟坟墓里的恶鬼缔结了
一宗游戏，我是被选的傀儡。
我，原不认识真伪，我的心是
一张从没有染过的白纸，
深藏着乳白色间一点愚昧，
我腋下尚余仙飞的清风，
恍惚还有天堂在梦里亮，
还有你们，我隐下任何名姓。
起始你们以我为赌博的输赢，
你们贪曜曜的虚名，爱年青；
指黠我轻盈的笑，轻盈的笑，
云花似的美妙，云花似的分消；
我受不了宠惊，你们说了又说
那不费心的夸张：如像说星星
是我的聪明。你们何尝有真心？
输，赢，你们心中骰子的转移，

一孤掷间的无意，曾顾到我生死？
伶俐的渔人，你们放下了钓钩
刺破我吐的圆泡，我再能吐，
我是小鱼就能更远的遨游，
到浪花上去滚，我去唱，去唱
那圆圆的小泡，圆成了，亮了，
它们全是我心爱的天堂；
我几曾知道你们钓竿的试探，
你们的爱心乃想在手上将我
一玩弄，不听见我灵魂的呼喊？
我把眼泪告诉海洋，它拥抱着我
向前涌，向前吐，吐无数的泡：
不是美，巧，它的名是平庸，
是你，野地的野草没有艳容，
你也没有，唉，我不敢说，不敢
招怪上帝造人时或然的疏失。
我爱粗糙的布，平直的线路，
爱阴天，爱云，爱海上的大雾，
但我更爱伊甸园里偷来的
藏形的智慧，它是梦的灯：
小小的火，无尽的油，亮，亮，
它告诉我要去的方向，指给我看
在火焰中飞转的风车，转响

你的声音，聪明的声音，你唱
黑夜的静美，你唱温暖是
爱，它也是永远的阳春和光；
你唱来热情，唱来眼睛的诱惑，
唱迷了我，聪明的，我完全降伏；
我的热情也像在你火焰中间
那风车的吹转，在火星里响：
我拿我的胸膛给你，给你听，
我用眼色告诉你自己的亡失，
我的心是坟场，你为我写墓碑，
你的是海市的佛楼，我崇拜
你为神，为王，亿万世代的光荣，
我是亿万世代的香客，皈依你。
聪明的，快告诉我你一笑间的
媚波就要去的，还是永远不流的？
不，你回答说，爱情有春有秋天，
你是自己情感的忠臣，对我叛变。
你说人该要轻快，燕子掠水似的，
无须死不放的粘着，那是自害
也是不道德的把持，我应该走开？
我走开，我有我的路，从小我就
收留忠信，永常，不要昙花的凋谢；
我要以永信为白玉的栋梁，

支撑着想望的宫殿，那儿是爱
和丑恶和苦难结亲的大堂；
我要唱这歌，我的三根丝弦，
是信，望，爱合一谐和的宫商，
我不计较人的讥笑，或是烦厌，
这老聃的虚渺，庄子无端的荒唐。
啊，温柔的倔强，黑猫，你真想
庄子就是梦里的蝴蝶，蝴蝶
就是庄子的化身，错误的想象！
你错了，我并非不经，我是沙泥，
细碎的它有每一粒的坚锐，
每一粒的粗糙，可怜无用的老实；
你是大风，吹去吧，我纵是小草
胆敢和大风对敌，你吹去我
渺小的自傲，我是贫穷困苦的，
你吹不折我卑微中的强大。
还有阿丽思，还有另外想我
为骑白马的英雄，我不敢承受
你们梦里的奇想；我既不是花，
即使是也有枯萎的日子，阿丽思，
正如你寄来的玫瑰，我已不再是
放香的花朵；我也不是英雄，
如你们在林间看到那骑白马

飘然来飘然去倏忽的游踪；
我不是；不是，现在我告诉你们；
反正你们从来不曾见过我。
还有你，贫穷的孩子，先知有话
说凡有的更有，没有的更没有，
我也听聪明人向我说，爱心
不可惊惧，你想它飞它就飞；
我本想在荆棘中看见不幸
被掩没的灵芝，可悲的灵芝
在荆棘中早成了荆棘，不是灵芝。
啊，这一切纷乱，无常，曲折的迷廊，
我急急要逃去，到深山间埋藏。
这五个春秋我有不开花的春天
有不醒的白昼，有梦连云似的，
忽然来忽然消逝；我疑问可是
错误就是天地间正确的安排？
啊，一种恐怖的颜色在我面前，
我自己也在那恐怖下惊惶，我见
以杀戮为耕作的沙场开始喧响，
仇恨霸占着人马旗鼓的扰攘；
我心里惊惶，眼光露杀气，瞧瞧这
万千人无声的流泪，无归的逃亡，
准许我佩彼得的腰刀，我要

放下慈悲，放下私心；让它们来：
种族的大悲哀，血性，和强蛮！
三十三天战场上，我但闻悲笳
吹长了江南雪地人种的桃花；
我看见眼中游红丝的弟兄们
在凄凄一号戌角里向前涌，仆；
他们上前去的去，倒下的埋了，
也参差有一行纸幡凄凉的队伍；
天空中飞的，嘘的，黑黑的，像蝗虫
一排一阵潮水似的来，嚼烂雪泥
嚼破无论哪一处的竹枝，“别”的
一声穿过壕沟上士兵的斗笠；
天空中飞的还有红点尾的苍鹰，
还有彗星，流星，还有天上落下的云，
还有看不见的，但一时一刻都在
升，飞腾，他们说是忠勇的精灵
无声的去了，去了！但我们眼中
游红丝的还是开拔向死的前方，
我们像不声响的长蛇，蜿蜒
在漆黑的田野间，屏气的夜行；
游过那无语的村庄，在半眼的
行途中给豆坊新浆的香气刺醒，
听无力的犬吠，雄鸡啼破的天明！

我也无意间迷入了敌阵，无意间
走回了，那没有准的生死的界限；
我骑马过嘉定城，在薄暮雪下
刺不进我的驽马，是什么村庄，
可爱的孩童羞羞的从篱笆里
伸给我一枝竹做的青青的马鞭；
我驰过空闲无人的郊野荒村，
那儿颓墙下老妇的哭子，壮丁的丧父，
那儿有白胡须的老公公袒胸向我说，
要他死他不离开家乡，这家乡有他
祖父栽长的树，有他父亲开的小路，
这家乡是他的园林，是他的坟场；
夜里我睡在破庙里听无终止的
岁暮的腊鼓，引我走回了梦境：
那是片荒野的坟场，无数的古人
（我认识）他们起来指我看墓碑：
“勤恳的生活，忠心的死，和气的爱心！”
我从梦里惊醒，这岁暮的腊鼓
不是我往常听惯的，我只觉得惊惶；
那一片雪地上岂不是一片坟场，
正有多少人在那儿掘，在那儿葬；
“忠勇的向前，悲壮的死，伟大的爱心！”
这些墓碑上，可怜有光荣的血痕。

像朝阳落在江流上，我们战场上
每一个弟兄有灿烂的凶心，如浪，
如浪上的金光，我们胜利的战争，
不是胜利，而是私心和仇恨的得胜；
私心和仇恨的得胜，（光荣的得胜）
它是人类可耻的无休的纠纷！
从那儿，上帝引我离开了战争，
我自己的战争也停止了；和平
与寂寞重新再来，在海岛上
我与远处的灯塔与海上的风
说话，我与古卷上的贤明诗人
在孤灯下听他们的诗歌：像我
所在的青岛一样，有时间长风
怒涛在山谷间奔腾，那是热情；
那是智慧明亮在海中的浮灯，
它们在海浪上吐出一口光，
是黑夜中最勇敢而寂寞的歌声。
我听见海潮在沙滩上起来落下，
在动中它们乃有无怨的平静，
它们在自然间尽说着一句话！
来了，去了，再会吧，小小的沙！
从那里我又沿溪水间的银杏，
跨过云飞的桥，穿过绝壁危崖，

我登泰山的绝顶呼喊长风，
要它带回来古代人曾经的足响；
七十余王的登封，谁更数得清？
何处是秦始皇雄视九州的驻石？
还有为天下木铎的孔丘，他来登
岱顶遥望九点烟的齐鲁，天下
变小了，谁再能有他浩博的胸襟？
哪儿是孟轲的家乡，在一丝银线
挂着的汶河星棋的田陌中间？
还有此邦的稷下先生，谈天雕龙
或狂笑或垢行的古人，他们在哪里？
我要他们回来，在这山风当中，
听他们走回来的足响，走回来！
啊，万方的风云在我上下摩荡，
我惟见青天上孤鹰的徘徊，
那无数支梁父山起伏如蛟龙，
为何你雄伟有如此安稳的沉默？
为何不再唱出声来，你巉岩间
老杜悲亢的坎坷，你绵绵无尽的嵯峨，
像山东李白的长歌，并那山阴下
古长城的荒凉，如岑参歌中的朔漠？
我指望你们再来，如在灵岩山
峭壁如城中的一株古松，向西方

指望玄奘的归来，忠心的盼望！
我怕，黑夜中是何等恐怖的风
击响绝顶的铜瓦铁马儿惊慌，
又是何等神手在何等砧上
捣洗世界第二天的云裳？（我听，
我听在天明前是什么黑云
张没了大黑，预备明天的光明。）
向峰头我独自去等，鸟也在等
朝阳在万顷的东海银波上荡漾
像香炉，像灯笼，像老人的喜笑，
升上来，升上来，告示白天的开场！
啊，我的早晨，你也醒来了，宁静
在沉思中舒坦的生长；我要回
一潭水的寂乐，要清明的理智
像普陀山的一株古松，无论海风
如何摧折，它仍挺然在风暴里
伸长，向上，他的枝叶承受光阳
向他的抚慰，说一切艰难就是荣耀！
但是海边的晨雾在我枝叶上
密密降下一层珍珠和踟蹰，
像是祖在烛光下一首唐人小诗：
为你，我又炫惑了一次，你用宁静
与尊贵的形象放在我幻想里，

你呼吸如睡息，有时你仅无声息
无可言喻的温存和智慧的猜忌；
你说爱米勒你爱先腊飞尔
诸人神往于罗马古典的庄严，
你爱画，你更爱画你自己画成
一幅不言语在日光下的矜持，
像刻在青石上，以贝叶为屏的，
古代人的雕刻，何其冷淡，静，
你一抹笑角的希微，唐代的微笑！
啊，让我记念你怯怯的静静的，
你一现又隐去的，给代废风
吹没了你，吹远了我，向黄河以北，
我投奔衰亡与光荣的古城。
在那儿我披上袈裟，并非悲哀
而是忏悔与向神的虔诚，与纯洁
与原始的想望；在神道院中，
我与古以色列纯朴的灵魂往返，
看他们如何斗争灵性的斗争；
古城外的荒园有我的客西马尼，
我在其中祈祷，不是绝望，也不想
逃遁，我要如何修炼自己在痛苦
绝望中，发现无牵与愉快，美
与性灵的自在，即不是不能，不是！

“信心”使人忘忧，也有他自己的欢乐，
即使在世间遭迫逼，如我们救主
他欢然承受为信应尝的痛苦，
那不是痛苦，不是；那是胜利！
离一切世利，现实，在不可信中
我相信“信心”仍然有盘石的奠基，
风，雨，潮浪的袭击，对真正的
信心，要是真信心，就不被动移。
我听见耶和华的愤词，责备众人，
说：“为何我手造的蒸尼，你们胆敢
分析，解释，推论我的存在，实在？
你们解剖神圣肢体和他的心，
你们几曾能清楚，只是永远犯罪。
我是没有结论无终始中的微妙，
一旦你们真知道我就失去了
我的宝座，这宝座就是一切理智
攻不破的奇怪，我没有给你们能力。
在怀疑分析中你们早已自弃了
那可以认识我的智慧，我所给的；
你们错笑了原始人和现今愚人。
在一块奇怪石子上他们呼喊我，
我原是无所不在的，我在于一切，
我的家并不在华丽的圣殿中，

圣殿是你们建造的，但我可以从
可怜的茅舍中，或驴背上疲倦的
劳苦人的梦口中，谛听他们的祈祷，
我欢喜住在劳苦和真信人的心里。
在他们愚信中我真在，因他们
并不用智慧就承受我的恩赐。”
我们可怜的凡人在信与不信间
丧失了一点良知，我们不真认识
那玄妙中并且简单的消息，
在迂曲的自大中，放弃愚直。
我有我父亲流在我血液中的
你们所说的迷信，我自以为真理；
我信我父亲古铜色发光的面容，
深入的诚恳的眼（你说他严厉
不如说是顶深的宽容）并他牢固的，
像信仰，像高山的鼻准，也许是
古犹太人道貌的遗留，在那一代
我们血液中和灵魂间，承受了
顽固的热情，顽固的信，更有顽固
不可理解的痴心，以虚妄为真确。
我衣钵间有不认羞耻的卑微
也有热情招揽一切痛苦和外虑。
热情吞没了以外的悲喜，贪心给我

追往日的光荣，但谁又敢拦阻我，谁
不听见这古城的哀哭，每一块石
全在惊惶着行人的悠闲，每一片
琉璃瓦在阳光下炎炎的火苗
吐出可怕的预言：再有多久，多久？
“我有七百年长寿，在异族中长成，
复兴，又为异族而沦亡，再光复；
创业时的艰辛，忠心和它的热望，
全在我古老的骨骼间存在，如今
你们忍心眼看我的崩坏，我伤心
你们对我生命光荣的信仰，有过
多长的岁月，你们竟毁之于一朝？”
古城北京这样说：“老鸦儿笑我吧，
我的宫殿的基石也正在讪笑；
铜狮子说他耐不住寂寞，要去寻
新的主人，铜鹤想飞出这等冷漠；
还有闷不住声的古鼓全都叽咕，
说他们不再愿意做陈列的俘虏。
景山上我在望呢，望望前门外
那一盏红灯几时再亮起，几时挂？
你们向哪一方去，人，向南，还向北？
这样匆匆的忘了我也罢，我不能；
玉泉山下我的呜咽，在冰河下还是

潺潺的流，冷冷的流我的眼泪，
要到几时呢?”——唉这流水间日长
夜长的哀泣，流进我思玄的静园，
我在读以色列人的流亡史，我遥见
长城外黄云黑云间的烽火如心乱；
天桥买老羊裘，东市买毡靴皮帽，
我要去，去看朔漠间柳条的红芽；
十二月寒风如麻鞭，沙粒像针飞，
婉娈似月的日下，有声没有人迹；
去，去，一去万里外绝塞的寒沙，
不信其间无寸绿的昏黄，天与地!
那一片平阳的怀柔，坦坦的无际，
那密云，密云似的山峦，起伏飞纵
那不可勒制的奔窜，像三峡间
无数支夺路的湍流，在平地高耸
那屹然入定的雄姿；更那千万匹
风洗净的山涧溪流，是什么神工
在日光下曝晒的丝绸，像怨妇
半夜里的远思，停杼不敢有言语；
那数重山以外丁丁成串的骆驼铃，
飘忽在有无之间，使人疑心在此
何处来的飞鸿；或如一鹤翘望
云山，有独立的矜持，沉重，有那

神圣无华的眼睛，多少颗潜思，
你沙漠中，酸风下，流泪的骆驼！
啊，无边的酸风用什么冷淡，死灰
黧黑的颜色，涂抹这瑰伟的山峰，
用什么大力止住了高山湍流的
雪水一齐站住？让你在长空间呼啸！
我经过此间恍惚温理古人诗篇
悲壮的荒沙，不但陇头水的幽鸣。
我望见古万里长城跨骑过千山
万山它绵绵的伸长，望见年岁战迹
留在它淡黄浅红的颜色上，那衰老
与倔强的存在，是我们的万里长城！
万里长城，告诉我你龙钟的腰身里
收藏多少锋镝；告诉我那些射箭的
英雄，他们英雄的故事；告诉我巍然
无恙的碉楼如今更望得见多远，
有我汉家的大旗在苍茫间飞扬？
我望长城，长城望我出古北口险关，
过青石梁红石梁巉岩的驴道，
压人的峭壁在左边欲倾，右边是
千丈无底的深渊，数鸟的盘旋，
石卵沙砾流成河，流去铺满了
冰冻的滦河；无主的黄山黑岭上

牧羊儿领群羊，徐徐如水的归去；
我望见黄昏中几点炊烟，在晚风里
袅袅指点峰背后承德的行宫；
望见行宫殿角上的铁马儿，四近
几点晚照中寒鸦啼破了的寂寞。——
壮伟的河山，我想起曾经仰望
惊讶你被遗忘的雄丽，如今是什么
马蹄践踏你叠浪的白龙堆？
我记起春风三月中的峭寒里，
小月下度过残缺的冷口，皑皑
高耸的数峰，背负了一道长城，
那山坳洞穴中数点灯火的哨声；
那峪中穿沙去的流水，我听见
单匹战马昂然立在独木桥上
垂鬃饮水时那静悄悄的水声；
我记得那悲壮与冷淡风晕的
关山月照过的关山，如今在江南
望见九月初的小月，它正在冷彻
冷口外听流水无家归的白骨！

二十二年十月二十三日见陨星，三十日脱稿。芜湖狮子山青阳楼。

译白雷客诗一章

我的阴魂日夜在身边，
像个野兽在我路上盘旋；
我的灵性在深处投宿，
不停的为我的罪孽而哀哭。

不测的深，无边的渊源，
往哪儿我们走，我们叫怨；
在饥荒又渴望的风上，
我的阴魂在你背后张望。

它嗅着你雪上的脚步，
无论你走上哪一个去处；
经过了冬天的风和雨，
什么时候你再回来安居？

可不是你的轻视，骄傲，
将我的早晨灌满了风暴；
还有妒忌与小心翼翼，
教眼泪流湿了我的静夜。
我的七个情人，你用刀
掘走了他们生命的根苗。
我以眼泪，发冷又抖索，
为他们造大理石的坟墓。

（原载 1934 年《学文》第 1 卷第 4 期）

译哈代《一个杀死的人》

我与他曾经相遇
在一个古老的逆旅，
我们坐下来共饮，
湿透了那许多胸巾。

而今都投身队伍，
我们撕裂了眼相睹，
我杀他，像他一样
我死倒在他的地方。

我杀死他，只为的——
只有他是我的仇敌，
不错，他是我仇人，
这句话用不着再问。

也许他投身入伍，
和我一样不曾思虑，
没有工做，他起程——
这道理也一样莫问。

是啊！战争够奇怪！
你用力将那人杀坏
倘若在逆旅再见
同喝酒，再花一点钱。

十九年三月十二　南京

补遗

可怜虫

“我从今再不能爱你，
你失去了媚人的美丽。
臭恶的花有谁赏呢?
只有让野狗踩成烂泥。”

“我也不能爱你，今天!
昨晚已不见你的炊烟。
我固然失去了美丽，
谁叫你也失去了铜钱?”

(原载 1928 年 1 月 14 日《时事新报·文艺周刊》第 18 期。署名陈漫哉)

秋夜曲

一阵秋风吹响叶子的弦琴，
弹起星子下的哭，
芦草里的歌音，
那忘记的曲调，想不起的梦，
还有我数不尽哭不成声的伤心。

一树落叶催醒荒野的古鬼，
掠过树枝的翅膀，闪着影子的飞，
那凄切的细雨，掉下泪的话，
还有串在白杨树里旋回的尘灰。

（原载 1930 年 1 月 16 日《国立中央大学半月刊》第 1 卷第 7 期）

栖霞山绯红的枫叶

春天的时候草是青，杜鹃花涂得满山红，
天上落下几行疏落的细雨，吹来几阵风；
从那里我寻见青春的神妙，开始我的梦，
也就随了春天飘荡的流云，消散在半空。

到如今寒山秋色教我的心灵，那样怔忡，
我践在山上，已经遍寻不到春天的行踪；
在烟雨中，那无数的枫树哭得眼睛红肿，
我只埋怨天空疏落的细雨，山谷里的风。

山风穿过绯彩的弦子上弹出无限哀痛，
挂满叶子上的雨泪揉得眼睛血样鲜浓；
只是绕在山头的白云比往天更其轻松，
野鸟哭得我的伤悲要胀破了我的心胸。

我愿意变成一株枫树长在幽谷的石缝，
让冬日素洁的霜雪层叠的堆成了孤塚；
年年秋夜飞来唱不尽伤心歌调的断鸿，
我的心不曾枯，吐出一枝枫叶血一样红。

（原载 1930 年 1 月 16 日《国立中央大学半月刊》第 1 卷第 7 期）

等

蓝天的底角只剩下一抹绯彩，
太阳向西边溜走不再理睬；
在黄昏里等候你悄悄的来，
唉，你不曾来，门给风轻轻吹开。

西天的黑云盖没了一抹绯彩，
这黑茫茫里没有一个人在；
只有你呀在我的心上乱踩，
唉，踩破了我的心，你还不曾来。

（原载 1930 年 1 月 16 日《国立中央大学半月刊》第 1 卷第 7 期）

大雪天

南方这样的好大雪天。
一片雪地里再望不见；
半点黑攒得进的空眼，
一缕吹得抖的烟。

南方这样好的大雪天，
好的是这不曾是去年；
天朝着我换了一副脸，
风叫得分外的尖。

（原载 1930 年 1 月 16 日《国立中央大学半月刊》第 1 卷第 7 期。署名陈漫哉）

答志摩先生

告诉你，我只存一个思想：
我轮回的看黑暗和光亮；
只要我的喉咙还不曾塞住泥，
还能在嗓子里发出声响，
我要不止的歌唱，歌唱的
不仅是温柔，不仅是凄凉。

告诉你，我只存一个思想：
我轮回的看月亮和太阳；
只要我的耳朵还不曾塞住泥，
还能在耳膜里听出声响；
我要不止的谛听，谛听着
在我心里的，外面的波澜。

十九年四月之末，南京。

（原载 1930 年 6 月《新月》第 2 卷第 12 号）

何首乌歌并序

何首乌，多年生蔓草，唐人以为药，谓可百岁黑发，《本草纲目》又名之为“交藤”。今年秋，徐州萧邑有龚老在大昊集山麓掘得一枝，长尺余，色呈紫红，形像人。数其发得十丝，识者度其寿千岁。盖每百年长一丝也。土人传十五日夜常见一小儿拜月，近之则隐没，阴雨夜惟闻作小儿啼。自掘取后，不复有异。梦家奇其事，且以唐人诗中亦曾用为典，遂据土人传说，编为歌。

二十二年十一月十日芜湖狮子山青阳庐。

自从生来一千零一年，
长似婴儿两颊红妍妍；
夜深草静登山向月拜，
人不识我呼我小精怪。
何首乌，何首乌，
登山拜月月十五！

目小见月一万二千圆，
青发十丝一丝长百年；
天阴夜雨终宵野哭哀，
人道深山何家迷路孩。
何首乌，何首乌，
阴雨夜里哭呜呜！

万岁亿载月亮亮在天，
几曾有人飞上月亮边？
自从本草纲目留名姓，
敦他百岁乌发笑斑鬓。
何首乌，何首乌，
彭祖说他长寿苦！

八百长寿老贼受长愆，
岂能如我寂寂土中眠？
千岁潜藏天下人不知，
大吴老龚采我数灵芝。
何首乌，何首乌，
一朝入市连根腐！

（原载 1933 年 11 月 29 日《大公报·文艺》）

梦中口占

我惟静静地
由你，我不敢呼喊；
像无语的大地
对着无语的天蓝。

静静地由你
去了，你回来不回来？
我望你远远的
帆远驶出了大海。

六月狮子山

（原载 1934 年 9 月 22 日《大公报·文艺》）

十字架

我见她交叉的双手
在胸前，象灰色十字架；
她低着头向黑中走，
黄昏跌落在她的背后。

若不是背上风尘
说她远从荒村里逃来；
我会错认她就是神，
在黑暗里饮没了悲哀。

（原载 1934 年 11 月 3 日《大公报·文艺》）

有　赠

你单一举手
也许像一面旗，
在无风之下
扬起
你半懒的身腰；
那终日的伸手，
就是你自己，
支持在半空中，
不动，
不落下来。

你扬一扬眉，
是不是大海？
一句半句的平静，
只有天能含忍；

有时月光
逼你疯狂的舞，
你便是狮子
戴着银毛
在雪地上跑；
等风平浪静，
你睡着了，
是一匹羔羊。

（原载 1936 年 11 月《新诗》第 2 期）

述庄子“方生方死”惠施“日方中方睨物方生方死”

长臂紧随着短臂，
一步一顿朝前走：看看近了，
看看交在一条线上了，
看看又越来越远了，
看看又近了。又远了。
惠施说道：“今日适越而昔来。”

古时有健行的竖亥，
大禹命他算一算南北有多长；
他往南量到南极，
往南量到南极，

往南回到中国。

惠施说道："南方无穷而有穷。"

二十六年一月五日

（原载 1937 年 3 月《新诗》第 6 期）

纪游三首

忆一九四四年飞过喜马拉雅山

看不见喜马拉雅山，

云雾堆成山。

云海上的虹，

落日的粉红。

一切都太寂寞，

这里是天上的沙漠。

1951 年 11 月改作

过高台县往安西

——“高台多悲风”

感谢两旁的白杨，

送我们到高台，

虽然没有风，
已经够苍凉。

感谢温和的太阳，
送我们往西走，
面对着沙里的远山，
喝一杯暖酒。

1948年10月29日，甘肃道中

中元宿洞庭西山显庆寺

山间的月明，
芭蕉依然翠青；
大庙里几声虫鸣，
分外的静。

等候夜半的清风
吹过七十二峰，
叫明天的帆篷，
送我们到石公。

1953年8月24日夜

（原载1957年5月25日《诗刊》第5期）

过北海三座门大街

对着黄尘蒙罩的夕阳，
对着静静地粉红色宫墙，
止一轮淡绿色的月光，
奇怪的冰原，说不出的凄凉。

一九五三年十二月十七日

（据手稿）

悼闻一多先生

我们一同度过许多日子，
看过大海上的雾，
雾里的许多小岛，
在泰山的灵岩寺中，
我们等了几个雨天；
在衡山的茅屋里，
在南湖的岸上，
我们度过许多晨昏；
你总是道貌岸然的谈笑风生，
把古事说的那么真，
把现代的黑暗恨的那么深。

我们常常面对着一壶浓茶，
为着一个字的解释打架。
过几天你又来了，

看看我家里的紫藤花。

这些小事都好像在眼前，
但是你已经死了八年。
我曾经想写点什么
来记念你，追悼你，
但是不知从何说起。

当初我在很远的地方，
听到你遭受匪徒的“狙击”，
我想你一定死了。
我知道你对于敌人
恨到底；只有勇往直前
不顾一切和他们死拼。

那时候我心中伤悲，
失掉了二十多年的良师益友。
但是后来我知道
不是我而是一切人
失掉了你，
我的伤悲也是多余的，
因为正像你平日所想象
不要那懦弱的平凡的死。

为了我们今天的自由，
你的鲜血并没有白流。

一九五四年六月